dtv

George, ein Ex-Terrorist, der 1905 noch Attentate gegen die Repräsentanten des Zarenreichs durchführte (wie in Sawinkows Roman *Das fahle Pferd* geschildert), scheint inzwischen die Seiten gewechselt zu haben. Nun – fünfzehn Jahre später – kämpft er im Russischen Bürgerkrieg gegen die neuen bolschewistischen Machthaber. Als Oberst der Weißen Garde muss er wohl oder übel die Interessen des alten Regimes verteidigen, später wird er als Anführer der *grünen* Banden in den russischen Wäldern Zeuge von furchtbaren Gräueltaten. Am Ende ist er wieder in Moskau – wieder als Terrorist. Bei einem solchen Galopp zwischen allen Fronten stirbt als Erstes der Glaube an die Rechtmäßigkeit des eigenen Tuns. Vor allem wenn Liebe mit im Spiel ist und die raue politische Wirklichkeit selbst das Intime nicht verschont. Er muss eine Wahl treffen. Wie jeder, der an dieser sinnlosen Schlacht beteiligt ist.

Boris Sawinkow, geboren 1879, wurde 1906 nach einer Vielzahl erfolgreicher Attentate festgenommen und als Terrorist zum Tod verurteilt. Doch ihm gelang die Flucht, er ging ins Exil und veröffentlichte drei Romane. Während der Revolution war er stellvertretender Kriegsminister, wurde jedoch bald darauf zum kompromisslosen Gegner der Bolschewiken und plante zahlreiche Terrorakte gegen sie. 1924 wurde er erneut festgenommen, er starb ein Jahr später durch den Sturz aus dem 5. Stock seines Gefängnisses.
Alexander Nitzberg wurde 1969 in Moskau geboren und lebt heute als Lyriker und Übersetzer in Wien. Seine Übertragungen ins Deutsche, u.a. von Bulgakows *Meister und Margarita* und Dostojewskijs *Der Spieler* wurden viel beachtet und ausgezeichnet. Er ist ein Kenner des Werks von Boris Sawinkow und hat auch schon dessen erstes Buch *Das fahle Pferd. Roman eines Terroristen* ins Deutsche übersetzt.

Boris Sawinkow
(W. Ropschin)

Das schwarze Pferd

Roman aus dem
Russischen Bürgerkrieg

Aus dem Russischen übersetzt,
kommentiert und mit ergänzendem Material
versehen von Alexander Nitzberg

dtv

Bei dtv ist von Boris Sawinkow außerdem lieferbar:
Das fahle Pferd (14585)

Titel der Originalausgabe:
Конь вороной / Kon'voronoi
1909

Ausführliche Informationen über
unsere Autoren und Bücher
www.dtv.de

MIX
Papier aus verantwortungsvollen Quellen
FSC® C019821

2018 dtv Verlagsgesellschaft mbH & Co. KG, München

Umschlaggestaltung: Isabella Grill/dtv
Gesamtherstellung: Druckerei C.H.Beck, Nördlingen
(Satz nach einer Vorlage des Galiani Verlags)
Gedruckt auf säurefreiem, chlorfrei gebleichtem Papier
Printed in Germany · ISBN 978-3-423-14633-3

Vorwort zur russischen Ausgabe

Diesen Roman schrieb ich im Ausland 1923. Darin schildere ich das, was ich selbst erlebt oder von anderen gehört habe. Der Roman ist weder biographisch noch fiktiv. Ursprünglich sollte er *Fedja* heißen, denn Fedja scheint mir die Hauptperson zu sein. Fedja, der nicht weiß, warum er gegen die Bolschewiken kämpft, und der sie dennoch erbittert hasst, ist überall, an jeder Front, in allen *weißen* und *grünen* Armeen wie auch in jeder Geheimorganisation. Er ist die Verkörperung seiner eigenen Worte: *Als wüssten wir, für wen wir kämpfen* … Diese Worte ergreifen auch George und Wrede. *Für Russland* … Aber für welches Russland? *Denn die einen wie die anderen sind doch – wir* … Der Einzige, der weiß, wofür er Blut vergießt, ist Jegorow. Aber Jegorow gehört der Vergangenheit an. Das neue Leben, das in Russland entsteht, ist ihm fremd.

Natürlich hat subjektiv jeder recht. Die *Roten,* die *Weißen* wie auch die *Grünen*. Darum habe ich den Roman nicht *Fedja* genannt, sondern *Das schwarze Pferd: Und ich sah, und siehe, ein schwarzes Pferd. Und der daraufsaß, hatte eine Waage in seiner Hand.* Die Waage ist ein unverrückbares Maß. Denn auch wenn George, Wrede und Fedja nicht wissen, was sie tun – die Waagschalen schwanken nicht.

Aber objektiv kann nur einer recht haben – entweder die *Roten* oder ihre Gegner. Mein Roman gibt darauf keine eindeutige Antwort. Und doch ist die Antwort klar. Das Volk, diese

Millionen von Bauern und Arbeitern, ist nicht mit George, ja, nicht einmal mit Gruscha.

Und die subjektiv unverrückbare Waage neigt sich objektiv zu einer Seite – nämlich zu jenem *letzten Gefecht* für das Leben und das Wohl des werktätigen Volkes. Das aber ist nicht die Schale von George.

Boris Sawinkow (W. Ropschin),
September 1924
Inneres Gefängnis

… Und ich sah, und siehe, ein schwarzes Pferd. Und der daraufsaß, hatte eine Waage in seiner Hand …
Offenbarung 6,5

… Wer aber seinen Bruder hasst, der ist in der Finsternis und wandelt in der Finsternis und weiß nicht, wo er hingeht; denn die Finsternis hat seine Augen verblendet …
1. Johannes 2,11

I

1. November

Der Wunsch zu schlafen ist sehr stark, doch ich bezwinge ihn und lasse Nasarenko holen. Er kommt herein, groß, mit einer gelben Papacha, und bleibt stramm an der Schwelle stehen.

– Setzen.

– Nicht nötig, Herr Oberst.

– Setzen, verstanden! Und zwar mir gegenüber.

Aus Höflichkeit tritt er ein wenig auf der Stelle. Dann nimmt er Platz am äußersten Stuhlrand.

– Bist du ein Arbeiter vom Putilow-Werk?

– Jawohl.

– Und wurdest mit den anderen aus dem Panzerzug *Lenin* gefangen genommen?

– Jawohl.

– Was habe ich damals gesagt? Wiederholen.

Er denkt kurz nach und hebt die Augen.

– Sie haben gesagt, jeder kann mitkämpfen, doch wer nicht will, der wird erschossen …

– Falsch. Ich habe gesagt: Wer will, kann mitkämpfen, doch wer Verrat begeht, der wird gehängt … Habe ich das gesagt oder nicht?

– Jawohl.

– Und jetzt erfahre ich, du bist Kommunist.

Er zuckt zusammen.

– Heraus mit der Sprache, wer steckt mit dir unter einer Decke?

– Kann ich unmöglich wissen, Herr Oberst.

– Was dich erwartet, weißt du aber schon?

– Ihre Entscheidung, Herr Oberst.

– Gut. Ordonnanz! ...

Er möchte offenbar noch was sagen, erhebt sich sogar ein wenig vom Stuhl. Doch schon sind Jegorow und Fedja da.

– Ordonnanz! Hundertfünfzig Peitschenhiebe!

Er wird abgeführt, ich lege mich bekleidet aufs Bett. Und sogleich ertrinken im dunklen Dunst Nasarenko, der lange Weg durch den Frost, der raureifbestreute Fichtenforst, der rötlichgelbe Eichenhain, das Knirschen des Sattels und die braune Stute Golubka. Doch hinter der Wand beginnt ein Gepfiff, etwas fällt um, und stark und gleichmäßig fängt die Luft zu zittern an.

– Herr Oberst!

Einundvierzig ... Zweiundvierzig ... Dreiundvierzig ... Der Traum ist vorbei. Es wird stickig hier auf der Liege, im beheizten Zimmer, im fremden Haus, bei einem mir unbekannten und ganz und gar eingeschüchterten Popen. In der Diele sagt eine grobe Stimme: *Was der wieder zappelt! ... Na, komm schon, Fedja, setz dich ihm auf den Kopf ...* Jegorow ist offenbar fleißig am Werk.

2. November

Jegorow ist aus Pskow, ein graubärtiger Bauer. Ein Altgläubiger – der raucht nicht, isst nur vom eigenen Teller und hält sich eisern an die Gebote. Vor knapp fünfzehn Jahren hat er aus Eifersucht seinen Bruder getötet. Aber das waren *Weibergeschichten,* bei Weibergeschichten gelten keine Gebote. Als er sich zum Freiwilligendienst meldete, habe ich ihn gefragt:

– Weshalb hasst du sie so?

– Wen?

– Die Kommunisten.

– Die Höllenbiester, meinst du? Weshalb sollt ich sie mögen? Haben mir das Haus angezündet, haben meinen Sohn umgebracht ... Selbst ein Hund liebt seine Welpen ... Die gehören verbrannt, auf dem Scheiterhaufen.

– Aber die Weißen sind doch für die Gutsherren.

– Na und? Den Gutsherren reißen wir auch noch die Rüben ab.

– Wann denn?

– Wenn die Zeit reif ist.

Er hat sich hochgedient, ist jetzt Feldwebel und maßlos stolz auf seinen Rang. Und wenn Fedja ihm feixend sagt, er würde sich beim Adel andienern, schüttelt er grimmig seinen Bart:

– Pack dich. Henker. Bin nicht für die Herrschaften. Bin für Russland.

Für Russland, wie? ... Vor dem Krieg hieß es bei ihm vermutlich: *Wir sind für Pskow, was kümmert uns Kaluga?* Doch jetzt sitzt er zu Pferd mit einem Gewehr und vertreibt aus Russland *die Höllenbiester.*

3. November

Das Städtchen, in dem wir gerade stationiert sind, ist armselig und unaufgeräumt. Und ganz und gar in Flugsand versunken. Sand im Wald, Sand auf dem Weg, Sand auf den Straßen, Sand auf dem Kissen. Als wären wir in der Wüste Arabiens. Doch in der Wüste gleißt die heiße Sonne, hier aber dämmert der bleierne Tag, wirbelt der klebrige herbstliche Schnee, und morgens nagt der Frost an den Fingern. Wir tragen Sommeruniformen. Wir haben keine Filzstiefel. Auch keine Handschuhe. Irgendein Schlauer aus der Reserve beklaut uns wohl.

Auf dem Hauptplatz vermoderte Gehsteige, überall Pferdeäpfel und Staub. Weiber mit weißen Tüchern, Bauern im weißen Pelz. Kaum Juden. Die Juden sind fortgegangen, in die Wälder, mit all ihren Großeltern, Frauen, Kindern, mit all ihrem Vieh, mit all ihrem Hausrat. In deren Augen sind wir keine Befreier, sondern Mörder und Plünderer. Ich an ihrer Stelle würde auch fortgehen.

Pogrome, Einbrüche und Vergewaltigungen sind auf das Strengste untersagt. Auf Zuwiderhandlung steht der Tod. Doch ich weiß, dass gestern in der zweiten Schwadron um Uhren und Ringe gespielt wurde, dass Rittmeister Schgun einen jüdischen Laden kurz und klein schlagen ließ, dass die Ulanen, weiß Gott woher, Bündel von Dollar ergattert haben und dass man im Wald eine übel zugerichtete Frauenleiche gefunden hat. An die Wand stellen? Zwei habe ich an die Wand gestellt. Aber doch nicht das halbe Regiment.

Ich schreibe, und im Esszimmer schnarrt das Grammophon. Es schnarrt, verschluckt sich und schnarrt schon wieder, beklagt sein machtloses Maschinendasein. Ich höre, wie Fedja sich damit abmüht, es zu reparieren, es entnervt aufgibt. Und dann schließlich leise anstimmt:

Ach, wie haben doch so fest
die Fabrikgenossen
Lenin, Trotzki und den Rest
in ihr Herz geschlossen …

4. November

Fedja ist ein Künstler. In seiner Freizeit malt er Bilder. Er hat mir eins mitgebracht. Sein Selbstportrait. Dasselbe feurige Haar, dieselbe platt gedrückte Nase, dieselben irritierenden Augen: Das eine tot, von einer Kugel durchschossen, das andere zusammengekniffen, flink, verschmitzt. Er trägt nicht unsere, sondern eine englische Uniform. Auf der Nase kleine Rauten und ein roter Stern. Unten steht: *Kommissar Fjodor Fjodorow, Genosse Moschenkin.*

Er ist hin und weg von seinem Werk. Weidet sich geradezu daran. Hätte er ein wenig Geschichtskenntnis, er würde sich für weiß Gott wen halten: Für Marschall Ney oder d'Avoût. Dabei ist er ein ehemaliger Kolonialwarenhändler, ein kleiner Bürgersmann aus Wladimir. Nachdem er sich sattgesehen hat, sagt er:

– Grammo-Grammo-Grammophon ... Pathé-Pathé-Pathéphon ... Könnte man's nicht zu einer Ausstellung einsenden, Herr Oberst?

5. November

Ich lasse Golubka satteln und reite hinaus in die Felder. Die Stute, die zu lange gestanden hat, verfällt froh in beschwingten Trab und platscht laut durch die Regenpfützen. Es ist ein grauer und warmer Tag. Der Wind schwirrt pfeifend hin und her. Zerfranste lilaschwarze Wolken senken sich auf die Erde herab.

Ich liebe die Freiheit der weiten Felder. Ich liebe die Bläue des fernen Walds, das Tauwetter und den sumpfigen Nebel. Hier, auf den Feldern, weiß ich bis tief in mein Herz hinein – ja, ich bin Russe, ein Sohn der Ackerleute und Landstreicher, der schwarzen mit Schweiß getränkten Erde. Hier ist kein Europa und hier braucht's kein Europa mit seinem kleinlichen Geist, dem biederen Blut, den bemessenen wohlerprobten Wegen. Hier ist das raue Kosakenlied, hier ist Raserei, Revolte und Rausch.

Ich halte an der Bjaresina und gehe zu Fuß am Ufer entlang. Sie strömt – ein ruhiger tiefer Fluss. Auf der öden Flut erschimmert mit Raureif das brüchige Eis. Die rostigen Sträucher von Tränen beträufelt, die Sohle gleitet durchs nasse Gras, und Golubka tritt weich auf und stößt ihr Maul gegen meine Schulter. Ich höre sie atmen, und es kommt mir vor – sie und der niedrig hängende Himmel, die Bjaresina, das raschelnde Schilf und ich selbst sind eins – ein untrennbares Ganzes, eine einzige, in sich ruhende unergründbare Welt ... Und ich erinnere mich an Olga. Ich erinnere mich an sie, wie ich sie einst in

Moskau gesehen habe – in einem weißen Kleid und Strohhut. Wo ist Olga jetzt? Was wurde aus ihr?

6. November

Russland ist Olga, Olga ist Russland. Ohne Olga wird meine Liebe zu Russland ihrer einstigen Tiefe beraubt. Ohne Russland verliert meine Liebe zu Olga ihren allumfassenden Sinn. In Russland ohne Olga zu leben, ist dasselbe, wie mit Olga zusammen ein Dasein in der Fremde zu fristen – mit *gebrochenen Flügeln* und *verhaftet dem Staub*.

7. November

Gestern wurde in meinem Garten Nasarenko gehängt. Er hatte nicht gestanden. Er hatte sich bloß wie ein wundes Tier in der Küche verkrochen. Zweifelte er an seinem Tod?

Es war gegen sieben Uhr in der Frühe. Eine eisige Morgenröte. Nachts war ein flockiger Schnee gefallen, über die sandigen Pfade gestreut. Nasarenko kam mit Jegorow heraus. Fröstelnd und mit gerunzelter Stirn stellte er sich unter die Birke. Oben auf dem splitternackten Ast saß rittlings Fedja. Unten drängten sich stumme Ulanen.

– Los!

Nasarenko holte tief Luft. Er war ohne Mütze, in einem kurzen weißen, am Hals aufgeknöpften Hemd. Jegorow gab ihm einen Stoß in die Seite.

– Na los, schlag wenigstens ein Kreuz, du Bastard.

Ich sah hastige Finger zucken und blaue Lippen sich bewegen. Und hörte, nein, fühlte vielmehr:

– Herr ... Herr Oberst! ...

Aber Jegorow bemerkte nur mürrisch:

– Kann ja nicht einmal ordentlich sterben. Beim Kreuzzeichen wendet man sich wohin? Richtung Sonnenaufgang, versteht sich.

Fedja warf ihm den Strick um den Hals. Die klapprigen Knie knickten ein, der Kopf sank nach vorne. Der längliche Körper baumelte kraftlos. Fedja sprang ab, zerrte kurz an den Füßen und herrschte die Ulanen an:

– Was gibt's da zu glotzen? Macht, dass ihr wegkommt! ...

8. November

Leutnant Wrede verbrachte den Krieg an der Front, stürmte zu Pferd feindliche Befestigungen, wurde verwundet, bekam das Georgskreuz. Die Kommunisten stellten ihn unter Arrest. Er konnte fliehen. Und jetzt befehligt er die 2. Schwadron.

Jeden Abend kommt er zu mir, lässt sich auf das türkische Sofa fallen und raucht genüsslich. Er ist noch ein Kind – blond, rotwangig, und statt des Schnurrbarts nur leichter Flaum.

– Juri Nikolajewitsch, warum dieses Kaff?

– Auf Befehl von oben.

– Und wann rücken wir aus?

– Wenn's befohlen wird.

Er runzelt die schmalen Brauen.

– Bin's langsam leid.

– Na, dann gehen Sie doch.

– Immer machen Sie sich über mich lustig.

– Ich mich lustig machen? Um Gottes willen, Wrede ... Also wenn ich's leid wäre, würde ich gehen.

– Und wohin?

– In den Wald.

Der Tag verkümmert, die Sterne erschimmern. Draußen herrscht eisige Nacht. Wrede schreitet auf und ab.

– Wir waren fünf: Drei Schwestern, zwei Brüder. Und unser Vater, der General. Mutter längst tot. Wir hatten ein Landgut, nicht weit von Riga. Vater erschossen, Bruder gefallen im Kaukasus, die Schwestern verschollen. Das Landgut geplündert, versteht sich … Nun gut … Für Vater und Bruder werden die noch büßen …

– Vielleicht hatte Nasarenko ja auch einen Bruder.

– Nasarenko? … Aber er war doch Kommunist.

– Und Sie sind ein Weißer?

– Jawohl, ein Weißer. Ich bin für Russland.

Da muss ich schmunzeln:

– Und für das Landgut?

– Das Landgut? Aber nein … Zum Teufel damit. Ist nicht schade drum. Sollen sich die Bauern ruhig austoben.

Fedja trägt eine brennende Lampe herein. Schon sind die Sterne im Fenster erloschen, es riecht nach Machorka und Kerosin. Fedja richtet den Docht, wischt sich die fettverschmierten Finger am Tischtuch ab und sagt:

– Na, und wie sie sich austoben werden, nach Herzenslust, Herr Leutnant … Tja, unser Volk ist halt Diebesvolk …

9. November

Jegorow haben sie das Haus angezündet und den Sohn umgebracht, Wrede den Vater. Ich kann gut verstehen, warum sie hassen. Aber ich? Warum hasse ich?

Ich habe kein Haus und keine Familie. Keine Verluste, weil keinen Besitz. Vieles ist mir vollkommen egal. Es ist mir egal, wer abends feiern geht: Der besoffene Großfürst oder der besoffene Matrose mit einem Ring im Ohr. Das ist gar nicht der Punkt. Es ist mir egal, wer sich *bereichert,* sprich, wer schamlos stiehlt: Ein zarischer Beamter oder ein *überzeugter Kommunist.* Schließlich lebt der Mensch nicht vom Brot allein. Es ist mir egal, wer das Land beherrscht: Die *Lubjanka* oder die *Ochranka* – denn wer schlecht sät, der wird schlecht ernten ... Was hat sich schon verändert? Allein die Bezeichnungen. Wer greift wegen solcher Lappalien zum Schwert? ...

Doch ich hasse sie. Flegelhaft, Zigarettchen im Maul, haben sie Russland an der Front verraten. Flegelhaft, Zigarettchen im Maul, schänden sie Russland genauso auch jetzt. Sie schänden den Brauch. Sie schänden die Sprache. Sie schänden selbst noch den Namen *Russe.* Sie brüsten sich damit, keine Verwandtschaft zu kennen. Heimat ist ihnen ein Vorurteil. Um ihres armseligen Groschenglücks wegen verschwenden sie – nein, nicht ihr eigenes Erbe – sondern das Erbe unserer Väter. Und dieses Gesocks hat in Moskau das Sagen ...

Nennt eine Laus in deinem Hemd
dich einen Floh,
geh hinaus
und töte!

10. November

Moskau ... Moskau ist der Anfang und das Ende meines Lebens. Ohne Moskau, ohne seine krummen Gassen, ohne die Christus-Erlöser-Kathedrale, ohne Arbat, ohne das Kreml-Tor, ohne seinen Glanz und seine Glorie, seine Armut und seine Kläglichkeit existiert keine Heimat, existiert kein Ich. *Auf den Kirchtürmen schimmernde Kreuze, auf dem Schnee knirschende Kufen. Morgens Frost, bemusterte Fenster, im Strastnoj-Kloster wird zur Messe geläutet. Ich liebe diese Stadt. Sie ist mir ans Herz gewachsen.*

Glaube ich überhaupt an den Sieg? – In der Reserve nichts als Stumpfsinn, Korruption und Diebstahl, blind geborene Wühlmäuse. Und an der Front nichts als Stumpfsinn, Heldentum, Raub. Von wegen Krieger in weißen Gewändern, nur Doppelgänger der eigenen Feinde. Und ich fürchte, einst kommt der Tag, und wir werden wie eine Herde von Schafen alle auf einmal zurückstieben. Zurückstieben, weil keiner von uns ohne Moskau leben kann.

11. November

Gott sei Dank, wir rücken aus. Vom Generalstab kam der Befehl, die Truppen nach Grabowo und Bobrujsk zu verlegen. Ich lasse einen Gottesdienst abhalten. Glatteis, es nieselt. Der Schnee auf dem Pflaster ist getaut und mischt sich mit dem gelben Sand. Brauner Dreck klebt an den Stiefeln, an den Händen kleben die Kosakenmützen. Der Pope murmelt lau vor sich hin: *Um den Frieden der ganzen Welt und das Heil unserer Seelen, lasset zum Herrn uns beten ...* Und Fedja in der nassen Uniform näselt anstelle des Diakons: *Herr, erbarme dich, Herr, erbarme dich, Herr, er-bar-me dich ...* Die Ulanen machen das Kreuzzeichen. Viele sind auf die Knie gesunken. Allein Jegorow ist zu Hause geblieben. Für ihn wäre es eine Sünde, mit uns zu beten, denn für ihn sind wir *Ketzer* und *Gottlose.*

12. November

Herein kommt Wrede. Er ist aufgewühlt. Seine Stimme bebt:

– Juri Nikolajewitsch, wohin soll das führen? Nein, so kann das nicht weitergehen. Verdammt, wir sind doch keine Plünderer ... Wissen Sie, was passiert ist?

– Was?

– Schgun hat einen Juden erschossen.

– Und weshalb?

– Wegen Geld.

Rittmeister Schgun ist ein tapferer tüchtiger Offizier. Aber er ist ein Plünderer. Er sagt nicht etwa: *Ich habe es geraubt,* oder: *Ich habe es an mich gerissen,* sondern: *Ich habe es mir erschwungen – diesen Pelz, diesen Ring, diese Schuhe.* Und die Ulanen plappern ihm nach. Solange kein Blut geflossen ist, habe ich ein Auge zugedrückt. Doch heute schaut es anders aus. Ich gehe vor die Tür:

– Los, aufsitzen!

Fedja bringt mir Golubka. Rasch zur 1. Schwadron. Vorneweg, auf dem graugescheckten Ross Rittmeister Schgun. Ich erkenne es wieder, dieses kräftige, einem Rotarmisten abgerungene Pferd.

– Rittmeister Schgun!

– Jawohl.

Er hat ein gutmütiges schönes Gesicht mit einem blonden Schnurrbart. Er ist um die vierzig. Ein Ex-Wachtmeister aus dem Dienste des Zaren.

– Haben Sie den Juden getötet?

– Jawohl.

– Und warum?

– Ist halt ein Jude, Herr Oberst …

– Ich frage: Warum?

Er wird tiefrot, aber sagt kein Wort. Ich frage den Trompeter:

– Los, warum hat Rittmeister Schgun den Juden erschossen?

Der blickt zu Boden, hat Angst vor der Obrigkeit. Doch ich bleibe hart:

– Heraus mit der Sprache. Das ist ein Befehl.

– Wegen der Uhr, Herr Oberst.

– Haben Sie das gehört, Rittmeister Schgun?

Der schweigt und *frisst* mich mit seinen Augen. Auf Soldatenart … Darauf ich:

– Erschießen.

Ich mache kehrt und sehe nicht, aber weiß, dass Jegorow und Fedja ihn bereits aus dem Sattel ziehen und gleich hier, am Haus des Popen, an die Wand stellen. Ich warte. Doch warte ich nicht zu lang. Schon fallen zwei Schüsse. Und ich befehle:

– Rechts in drei Reihen. Mir nach. Marsch!

13. November

Ich weiß noch: Ich begegnete Olga rein zufällig. Ich ging im Petrowski-Park spazieren. Es war einer von jenen lahmen Tagen, wo wir von den ach so unnötigen Erinnerungen geplagt werden und die traurigen Zeilen nicht zu tilgen sind. Da traf ich eine junge Frau. Sie fragte mich nach dem Weg. Wir wandelten lange zusammen. Ich schwieg. Ich schwieg, weil mir unheimlich war – unheimlich vor lauter Herzenskummer. Dann beugte ich mich zu ihr und nahm ihre Hand. Sie aber sah mir direkt in die Augen – mit so viel Vertrauen, mit so viel Klarheit, dass ich auf der Stelle verlegen wurde. Und Verlegenheit zeugte Liebe.

14. November

Eine Lichtung. Ein Waldpfad. Rings herum ein einziger dichter finsterer Forst. Kein Knirschen der Tannen, kein Erzittern in den morschen Ästen, kein Rascheln fallender Zweige. Leise schnauben die Pferde und dumpf und gleichmäßig trappeln mehrere Hundert Hufe. Hin und wieder zündet Fedja ein Streichholz. Hin und wieder spreche ich mit verhaltener Stimme: *Links schwenkt … rechts schwenkt …* und die Zugführer tragen meine Worte weiter. So marschieren wir seit dem frühsten Morgen, das 1. Ulanenregiment, Richtung Bjaresina.

Die dunkelgrünen Fichten fahren auseinander, dahinter erstreckt sich ein rostiger Sumpf. Hie und da in dem stachligen Gras funkeln vereinzelte Preiselbeeren. Auf dem Sumpf weiden Kühe. Eine muhende Herde. Der Hirt in seinem löchrigen Fellrock blickt uns stumpfsinnig hinterher.

– Wo bist du zu Hause?

– In Buchtscha.

– Sind dort die Roten?

– Mag schon sein …

– Und? Sind es viele?

– Mag schon sein …

Er nimmt seine Mütze ab und kratzt sich müde im Nacken. Es ist ihm gleich, ob Rote, ob Weiße, ob der Zar, ob wir, ob die Kommunisten. Sind ihm alle fremd und ungerufen. Hier im Wald ist er auf die Welt gekommen, und hier im Wald wird er einst sterben. Und Fedja schwingt heiter die Peitsche:

– Pass schön auf, du Waldschrat.

15. November

Es sind keine Roten in Buchtscha. Ich lasse alle Einwohner kommen. Vor der Kirche versammeln sich an die fünfzig Bauern, viele Weiber und noch mehr Kinder. Ich versuche, so gut es geht, ihnen klarzumachen, wer wir sind und wofür wir in den Krieg ziehen. Sie lauschen aufmerksam, aber trübsinnig. Und ich fühle: Sie glauben mir nicht. Für sie bin ich bloß *der gnädige Herr.* Kaum rede ich vom Land, unterbrechen mich einige:

– Und die Generäle?

– Und die feinen Herrschaften?

– Warum sind die mit euch?

– Warum bezahlt ihr die Fuhren nicht?

Was kann ich schon sagen? Ja, in der Reserve lauern die Generäle des Zaren. Ja, die Gutsherren hängen an uns wie die Asseln. Ja, beim Heer wird weiß Gott viel geraubt ... Erst Jegorow hilft mir aus der Klemme. Er kämpft sich den Weg frei, ein graubärtiger Riese, ein Sektenprediger, und donnert los, wobei er seinen krummen Finger emporhält:

– Ist das eine Gurke oder ein Finger? Bin ich ein Gutsherr oder ein Bauer? Was soll dann das alberne Geschnatter? Na los, ihr Burschen, packt die Gewehre! Und macht sie platt, diese Höllenbiester! Die Höllenbiester, die Kommissare, die Herrschaften! ... Wir haben von denen die Schnauze voll! Habe ich recht?

– Schwör bei Gott, dass du nicht für die Herrschaften bist.

Jegorow nimmt seine Mütze ab und schlägt ein Kreuz auf die Kirche hin.

– Und schriftlich? Gezeichnet mit deinem Namen?

– Von mir aus.

– Und mit einem Siegel?

– Aber ja doch.

In der Menge entsteht ein Radau. Vor allem die Weiber krakeelen laut. Ohne das Ende abzuwarten, kehre ich zurück in meine Hütte. Am Abend gibt mir Fedja Bericht: Das Dorf stellt sieben freiwillige Kämpfer. Er sagt es und bleibt an der Türe stehen:

– Ist eh nur Zeitverschwendung, Herr Oberst.

– Wieso das?

– Die nehmen doch eh Reißaus. Bauern. Die werden nicht bleiben. Zumal Jegorow gelogen hat: Als wüssten wir, für wen wir kämpfen.

17. November

Im Wald, auf dem Feld, bei Tag, bei Nacht verfolgt mich unablässig ein Gedanke: Der Gedanke an Olga. Es klirren die Sporen, Golubka will in die Zügel genommen werden, sie stockt und tritt wieder weich auf – aber vor mir ersteht Olga. Ihre blauen Augen glänzen, ihre rötlichen Locken rieseln. Mit lautem Lachen spielt sie Fangen. Fangen – *Gorelki* … Welch ein naives, für alle Zeiten vergessenes Wort … Wo ist Olga jetzt? Im Gefängnis? Im Folterkeller der Lubjanka? In den Händen eines betrunkenen Kommissars? … Ich kann und ich darf nicht an sie denken. Eine Glut versengt mir das Gesicht und zuckt noch stürmisch in den Augen nach.

18. November

Die Bjaresina ist zugefroren. Das azurne tönende Eis glänzt. Weiter oben, flussaufwärts, klafft ein breites Loch, und die Wellen darin sprudeln flink und geschwätzig. Golubka geht vorsichtig tastend, sich auf die Hinterbeine setzend, die Böschung hinab. Am Wasser schnuppert sie, weicht ängstlich zurück. Doch ich hebe die Peitsche. Sie schnaubt und tut einen beherzten Sprung.

Auf den Uferwiesen angelangt, blicke ich zurück. Das Regiment überquert den Fluss in fröhlichem Zug. Ulanen in gelben Kosakenmützen, knöchellangen grauen Mänteln und Gewehren auf dem Rücken, führen behutsam ihre unbeschlagenen Pferde. Vorneweg der Trompeter Baraboschka (den ich über Schgun befragt habe). Sein Pferd rutscht aus und fällt vornüber. Es windet sich hilflos auf dem Eis, Baraboschka aber lacht wie verrückt. Auch ich muss lachen und weiß nicht, worüber. Doch der Morgen ist dermaßen unberührt, die frostige Luft dermaßen licht, der erwachte Strom so vielstimmig, die Reiterei so frisch und heiter, dass ich mich wie ein Knabe des Lebens freue. Einfach nur leben – ohne nachzusinnen, ohne zu wissen, ohne sich zu erinnern …

Das Regiment versammelt sich auf der Wiese. Ich formiere es zu einer Marschkolonne. Und ein sorgloses Lied erklingt. Die Ulanen singen *Vom weisen Oleg*.

19. November

Fedja reicht mir ein Fernglas.

– Da sind sie, Herr Oberst.

Ich sehe in der bläulichen Finsternis huschende Schatten. Es sind viele. Sie bewegen sich entlang der Bobrujsker Straße. Die Roten. Wie? Glauben die etwa, wir gehören zu ihnen?

– Angriff! Karrière!

Die Luft pfeift und streift mir das Gesicht, Golubka spannt sich und springt vorwärts. Tief im Sattel herabgebeugt, ziehe ich den Säbel. Rechts und links – rasches Getrappel der Hufe, kurze Schreie und Schüsse – oder Peitschenknallen? Wie im schwülen Traum flitzt Jegorow vorüber. Die scharfe Klinge schwirrt sausend, etwas stöhnt auf, etwas sackt … Ich komme zu mir, als der Kampf vorbei ist. Ich komme zu mir und bemerke auf der durchpflügten gefrorenen Erde in Richtung des Waldes einen Mann humpeln. Er ist unbewaffnet und torkelt, wobei er sich beide Hände um den Nacken hält. Ihm nach reitet im schweren Galopp einer von unseren Ulanen. Ich erkenne den Zugführer Scherebzow. Wieder lasse ich Golubka im Karrière laufen.

Fast schon am Waldrand hole ich sie ein. Der Säbel glänzt auf, vollzieht einen tönenden Kreis. Der Rotarmist läuft, vornübergebeugt, in die Tannen hinein. Ich betrachte ihn, diesen russischen Bauern, im Helm mit einem roten Stern, und ein mir unbekanntes Gefühl befällt mich. Ich rufe:

– Den Säbel runter!

Scherebzow wendet sich verärgert mit dem ganzen Körper zu mir.

– Runter damit! Und du ... Und du, Holzkopf kommst jetzt mit ...

Der Rotarmist versteht nicht sogleich. Dann hebt er die erschrockenen Augen. Dann bekreuzigt er sich und murmelt verwirrt in einer nimmer endenden Litanei:

– Ja, tausend Dank ... Also wirklich, tausend Dank ... Also wirklich, wirklich, tausend Dank ...

20. November

Du sollst nicht töten! … Früher einmal trafen diese Worte mich scharf wie Stahl. Doch nun … Doch nun halte ich sie für Lügen. *Du sollst nicht töten,* aber alles rings tötet. Der *Himbeersaft* fließt, und seine Fluten reichen den Pferden fast an den Hals. Der Mensch lebt und atmet Mord, schweift umher im blutigen Dunkel, stirbt im blutigen Dunkel dahin. Ein Raubtier tötet, von Hunger gequält, der Mensch – aus Müdigkeit, Faulheit und Trübsinn. So ist das Leben. Jenes erstgeschaffene, nicht von uns gezeugte, nicht nach unserem Willen ausgelöschte. Wozu dann die Reue? Damit die Menschen, die es niemals wagen würden zu töten und vor dem eigenen Tod erzittern, die Gebote mit hohlem Gerede entweihen? … Welch ein gottloses Schmierentheater!

21. November

Kämpfend ziehen wir voran. Gestern griffen wir zweimal an. Der Hauptmann der 1. Schwadron ist verwundet, mit ihm zusammen etwa zehn Ulanen, der Trompeter Baraboschka ist tot. Er war auch aus Pskow, ein Landsmann Jegorows, ein erbitterter Kommunistenhasser. Immer zufrieden, selbst wenn es nichts zu essen gab, selbst wenn die Leute vor lauter Müdigkeit im Sattel einschliefen. *Und? Baraboschka? Anstrengend? – Nix da, Herr Oberst! Für uns aus Pskow ist das alles schnurz ...* Sein Vater lebt noch – auf dem Dorf, ein frommer knorriger Bauer. Er war es, der ihn zur Armee geschickt hat.

Wir bestatten Baraboschka im Wald. Die Ulanen singen auf die Schnelle *Ruhe in Frieden* und stellen ihm ein Kreuz aus Birkenholz hin. Nach dem letzten Spatenstich sagt Fedja mit gerunzelter Stirn:

– Lebte zum Weinen und starb zum Lachen.

– Warum denn zum Lachen, Fedja?

– Hat ihn etwa eine fremde Kugel getroffen? Von wegen! Eine russische.

22. November

In der Nacht rüttelt mich Fedja wach.

– Aufstehen, Herr Oberst, aufstehen!

– Was ist denn los?

– Die schreien schon hurra …

Ich habe wenig Vertrauen in Nachtattacken. Doch was tun: Widerwillig kleide ich mich an. Draußen ist es stockfinster. Am Dorfzaun rattern hartnäckig Maschinengewehre. Ansonsten kein Ton. Ich frage ihn:

– Wer ruft denn hurra?

– Tut mir leid, hab mich geirrt, Herr Oberst.

Fedja ist kein Feigling, aber auch nicht viel besser als ein Feigling. Er hat eine gestörte Wahrnehmung. Immer wieder sieht er Dinge, die gar nicht da sind. Hat er ein Auge für das Vorhandene? … Er schämt sich. Er sagt:

– Was drängen die auch so! Seit elf Uhr ohne Unterbrechung …

Sollen die doch *drängen* … Ich will einmal nach Golubka schauen. Sie kann mich wittern und dreht sich in der Dunkelheit des Stalls nach mir um – ein schielendes Auge blitzt kurz auf. Ich streichle ihr die elastische Brust, den biegsamen Hals. Sie will Zucker, ihre heißen Lippen suchen meine Hand. Aber ich habe keinen Zucker für sie. Immer noch rattern die Maschinengewehre. Hinter meinem Rücken seufzt Fedja, sich in sein Schicksal dreinfügend.

24. November

Und das soll Krieg sein? Die Roten ergeben sich beinahe kampflos. Gestern eine Batterie mit vier Geschützen, heute zwei Infanterieregimente. Fedja brüstet sich: *Wenn wir so weitermachen, nehmen wir noch deren Hauptquartier ein – mit bloßen Händen.* Aber Jegorow weist ihn zurecht: *Nimm den Mund nicht zu voll. Der Mensch denkt, Gott lenkt … Sieh lieber zu, dass sie dich nicht erwischen …* Doch was das anbelangt, bin ich ruhig: Fedja werden sie nicht erwischen.

Es ist kalt. Der Wind pfeift. Ein Schneesturm heult und wächst an. Wrede lässt die Gefangenen auf dem Feld antreten. Er kommandiert:

– Stillgestanden!

Und achthundert Bauern in Militäruniform durchbohren mich mit ihren Augen. Jeder von ihnen hat denselben angespannten misstrauischen Blick. Sie sind steifgefroren, die Hände an der Naht, und bereiten sich auf den Tod vor. Fedja fragt:

– Zu Befehl! Die Tatschanka vorfahren? …

Die Tatschanka … Nein, ich erschieße niemanden. Ich biete jedem, der es wünscht, an, nach Bobrujsk zurückzukehren oder sich bei uns einzuschreiben. Und ich sage, jedem stehe es frei, nach Hause zu gehen.

Sie wollen es nicht kapieren. Der Schneestaub schwirrt, taut und landet im Kragen. Ich gehe. Sie warten noch. Fragt sich, worauf: Auf die Tatschanka? …

25. November

Ich schicke Jegorow und unsere *Bäuerlein* aus Buchtscha zu den Gefangenen. Ich weiß nicht, worüber sie sich unterhalten. Vermutlich über die feinen Herrschaften, das Land, die Fuhren, die Generäle. Aber gegen Abend haben wir ein neues Freiwilligenregiment – das 1. Infanterieregiment der Partisanen. Und jetzt erhebt sich in mir das Tier: Ich will bis aufs Blut kämpfen. Kämpfen, selbst wenn der Sieg unmöglich ist.

26. November

Ich liebe Olga. Liebt Olga mich? Zum ersten Mal stelle ich mir die Frage. Dort, in Moskau, wusste ich, dass sie nicht anders kann, als mich zu lieben. Welch eine Frau widersteht schon der Liebe? Welch eine Frau wird vor Gefühlen, wird vor Leidenschaft verschont? Wessen Herz erträgt den selbstmörderischen Zweikampf? … Aber jetzt klafft zwischen uns, nein, kein Spalt, vielmehr ein gähnender Abgrund. Ein Abgrund des Unheils, des Kummers, der Verluste. Nicht das Gefängnis, nicht die Lubjanka machen mir Angst … Nur das ungeteilte Leben.

27. November

Ich schreibe auf einem Fetzen Papier: *An den Kommandeur der Garnison Bobrujsk. Ich befehle Ihnen, die Stadt unverzüglich aufzugeben. Sollte meinem Befehl nicht Folge geleistet werden, lasse ich Sie hängen. Gegeben zu Mikaschewitschi. Unterschrift.* Dieses Brieflein bekommt ein Überläufer. Der junge Soldat im Helm lächelt mich an und versteckt es im Ärmel.

– Ist das alles, Genosse?

– Ja, das ist alles.

– Na, dann machen Sie es gut, Genosse.

Für ihn bin ich *Genosse,* kein *Herr Oberst* und schon gar kein *Hochwohlgeboren.* Wrede hält nicht viel von diesen *kommunistischen Neuerungen.* Er begreift nicht, dass er selbst schon längst kein Leibhusar Seiner Majestät mehr ist, sondern genauso ein Freiwilliger wie Fedja. *Genosse* ist für ihn eine Beleidigung. Mir ist das egal: Hauptsache Bobrujsk ergibt sich, Hauptsache noch ein – wenn auch illusorischer – Schritt Richtung Moskau ... Ich habe den Befehl abzuwarten. Umso schlimmer. Morgen greifen wir an.

28. November

Den ganzen Tag lang wütet der Kampf. Geschütze donnern, Granaten splittern und reißen den Grund auf, am blauen Himmel ertönen und zergehen Schrapnelle. Durchs Fernglas sehe ich Menschen, die hinter den Birken über die benachbarten Hügel huschen und, von unserem Feuer getroffen, fallen. Nein, keine Menschen, nur Spielzeugsoldaten. Ein Spielzeugsäbel aus einem Zündholz, ein Spielzeuggewehr aus einem Bleistift, eine Spielzeugexplosion aus Zigarettenrauch. Als wir die Hügel einnehmen, liegen auf dem zertretenen Gras Mützen, Taschen, Soldatenmäntel. Fedja hebt einen davon auf – einen pelzgefütterten, von einem Offizier. Er ist blutverschmiert. Fedja kratzt das Blut mit dem Messer ab und zieht ihn an. Die frierenden Ulanen beneiden ihn: *Ordonnanzen haben doch immer Schwein.* Aber heute fühlen auch sie sich glücklich: Die Menschen sind satt, und die Pferde haben genug Hafer zu fressen.

29. November

In der Dämmerung marschieren wir in Bobrujsk ein. Die runde und purpurne Sonne sinkt. In den Straßen nur Widerhall, keine Sterbensseele. Schwarz die zugenagelten Häuser, die Fabrikschlote ragen empor. Auf dem Hauptplatz an einem Seil zwei vom Regen durchnässte Plakate: Lenin und Trotzki. Jegorow durchtrennt das Seil mit dem Säbel.

Wir haben gesiegt. Aber in mir will keine Freude aufkommen, keine gewohnte Begeisterung: Russen haben über Russen gesiegt. An der Wand eine weiße Kundgabe. Ich reiße sie ab. Darin werden wir als *Räuber* und *Banditen* bezeichnet. Und ich frage mich: Bruder gegen Bruder oder Wanz gegen Zeck?

30. November

Der Zugführer Scherebzow gibt mir Bericht:

– Nun ja, Herr Oberst, die nahmen uns also in Mikaschewitschi gefangen, Kutscherjajew, Karjagin und mich. Brachten uns nach Bobrujsk und dort zur Tscheka. Da ist kein Kommissar, nur ein dickes Weib, Sie wissen schon, von der Sorte *Kommät*. In Feldrock und Reithose. Einen Revolver in der Hand. Sie schaut Kutscherjajew an und sagt: *Na los, auf allen vieren kriechen!* Kutscherjajew kriecht los. Da knallt sie ihn ab. Dann zu Karjagin: *Los, und jetzt du!* Karjagin zögert, doch an der Tür stehen Tschekisten und lachen ihn aus. Was tun. Er kriecht los. Da knallt sie auch ihn ab. Und die Tschekisten schaffen die beiden fort. Nun wendet sie sich an mich und spricht mit süßer Stimme: *Na, wie heißt du, Genosse? – Wassilij. – Na, schön, Genosse Wassilij, magst eine rauchen?* ... und reicht mir ein Zigarettchen rüber. Ich nehm es und rauche. Sie winkt mich zu sich und legt mir die Hände sanft auf die Schultern: *Du wirst mir doch alles hübsch erzählen, nicht wahr, Genosse Wassilij?* ... *Wie viele Pferde ihr habt, wie viele Geschütze, wie viele Gewehre?* ... Wollte ihr gerade einen Bären aufbinden, da brüllt sie mich an: *Wag es ja nicht, du Bastard! Auspacken wirst du!* ... Darauf ich zu ihr: *Habe keine Ahnung. – Ach, wirst auch noch frech?* ... *Los, gebt ihm Saures! Fünfzig Hiebe!* ... Die bekomme ich dann. *Und nun, Freundchen?* ... Ich sag kein Wort. Sie steht auf und – zack! – wischt mir mit der Peitsche eins über die Wange. Das ganze Gesicht blutüberströmt. *Abführen. Gebt dem noch mal fünfzig, und weg mit ihm. Könnt Wurst aus ihm machen* ... Werde ich also abgeführt. Krieg nichts zu trinken, nichts zu essen. Die piesacken mich nur: *Bist ein Judas, hast deine Seele verkauft an die Herrschaften* ... Da seid ihr gekommen, na Gott sei Dank, habt mich befreit ... Es heißt, sie und der Kommissar halten sich immer noch hier versteckt. Teterin ist der Name.

1. Dezember

Jegorow hat den Kommissar aufgespürt, aber immer noch nicht dessen Gattin. Teterin hielt sich bei einer jüdischen Familie versteckt, und zwar unter einem Federbett. Zur Strafe schlitzt Jegorow die Matratze auf, dass die Daunen nur so durchs Zimmer flattern, zerschlägt die Fenster und zertrümmert die schäbigen Möbelstücke, macht sich, wie er sagt, *etwas Luft*. Teterin wird am Morgen gehängt. Natürlich von Fedja. Der lässt sich Zeit, ist besonders lang mit dem Strick zugange, schmiert die Schlinge mit Seife ein, geht weg und kommt gemächlich zurück. Jetzt hat er sich ein Mittagessen und ein Gläschen Wodka genehmigt. Er sitzt in der Diele und klimpert auf der Gitarre:

Ach, wie lieben doch so fest
die Fabrikgenossen:
Haben Lenin und den Rest
kurzerhand erschossen ...

2. Dezember

Ich habe gesagt: Ungeteiltes Leben … Ich verfolge den meinen Weg, Olga den ihren, der mir unbekannt ist. Über uns ist ein anderer Himmel, unter uns – nicht dieselbe Erde. Olga atmet Moskau und ich nur meine Liebe zu Moskau. Ihr Leben ist die Gegenwart und meins die Zukunft, wenn nicht gar die Vergangenheit. Vielleicht bin ich ihr deshalb fremd geworden, weil ich so fern von ihr bin? Vielleicht hat sich über ihre rauen Tage schon ein finsterer Schatten gelegt? … Doch ich glaube fest, *dass auch viele Wasser nicht mögen sie auslöschen noch die Ströme sie ertränken, denn die Liebe ist stark wie der Tod.*

3. Dezember

Aus dem Generalstab kommt Oberst Meier. Seine silbernen Epauletten glänzen, das wohlgepflegte Gesicht strahlt. Er raucht eine Zigarre und wartet mit exklusiven Nachrichten auf. Stets höre ich: *Seine Exzellenz ... Hochwohlgeboren ... der Herr Minister ... der Herr Baron ... der Kammerherr ...* Und dann: *Das Bündnis ... der Block ... die Linken ... die Rechten ... Paris ... Japan ... Amerika ...* Er ist zufrieden, weil *auf dem Laufenden* und *nah am Zentrum.* Er raucht zu Ende und beugt sich besorgt über den Tisch:

– Verstehe ich Sie richtig, mein Lieber? ... Sie greifen an ohne Befehl?

– Das ist korrekt.

– Nein sowas, nein sowas ... Das macht man doch nicht. Die Heeresleitung sieht das gar nicht gern ... Unter uns gesagt, ich kann das ja nachvollziehen, ich kann das sehr gut nachvollziehen, aber laut Plan ...

– Was denn für ein Plan?

– Was für ein Plan? ... –, er setzt seinen Zwicker auf und betrachtet mich reichlich verwirrt: – Laut Plan hätten Sie nämlich in Mikaschewitschi warten müssen.

– Warten auf wen?

– Auf die Heeresleitung, auf seine Exzellenz ...

Ich kann seinen Zwicker nicht mehr ertragen, genauso wenig wie seine süßliche Stimme, den Stab, die Minister, die Generäle. Aber ich reiße mich am Riemen. Wie könnte ich auch so ein Beispiel abgeben? Gar als Befehlsverweigerer? Und wie ein Erstklässler sage ich ihm:

– Tut mir leid, kommt nie wieder vor, Herr Oberst.

4. Dezember

Wrede hat es mir übel genommen. Lange marschiert er auf und ab. Setzt sich. Raucht und sagt endlich:

– Juri Nikolajewitsch, zum Teufel mit denen!

– Zum Teufel mit wem?

– Na, mit denen, vom Stab ... Die stören doch nur. Ohne die wären wir längst in Moskau.

– Demnach sind Sie gegen die Armee?

Verlegen schweigt er.

– Gegen die Armee, aber für Seine Hoheit den Großfürsten, wie?

– Ich für den Zaren? Wer hat gesagt, ich bin für den Zaren? Ich bin für niemanden. Ich hasse Politik. Ich bin Soldat. Ich werde nie diesen faulen Frieden akzeptieren, lege auch nie meine Epauletten ab. Und auf alles andere pfeif ich von Herzen.

Er ist aufgebracht. Fühlt sich wohl im Unrecht, findet aber den Fehler nicht. Da muss ich schmunzeln:

– Ach, Wrede, Wrede ... Es ist schön, Husarencornett zu sein, mit den Sporen zu klirren, bei *Cubat* zu speisen und abends in Pawlowsk die Fräuleins zu hofieren. Es ist sogar schön, bei einer Attacke die ungarische Kavallerie abzuschmettern ... Aber es ist weit weniger schön, kein Weißer, doch ein *Bandit* zu sein, im letzten Krähwinkel, und gemeinsam mit so einem Fedja in den Kampf zu ziehen. Und gegen wen? Gegen die Teterins dieser Welt unter dem Kommando von so einem Meier … Wäre das schon die ganze Revolution?

Verärgert geht er. Dieser junge Bursche. Ehrlich und mutig. Wofür opfert er sich?

5. Dezember

Heute herrscht ein knisternder Frost. Der Rauch vereist, der Atem stockt. Dohlen stürzen tot aus der Luft … Ich wohne bei Madame Minkowitsch. In dem niedrigen *Salon* ist es warm, und es riecht nach Bratzwiebeln. Möbel in Schonbezügen, in der Ecke eine staubige Zimmerpalme und unter dem Spiegel auf dem Tisch ein großes Familienfotoalbum. Darin sind kleine Geschäftemacher aus dem Schtetl und junge Leute vom amerikanischen Typus – lauter Neffen aus New York. Madame Minkowitsch hat Angst vor einem Pogrom. Sie erhebt mich in den Rang eines Generals, kocht für Fedja *gefilte Fisch* und spielt, damit ich mich abends nicht langweile, überaus fleißig ihren Chopin. Es ist schon seltsam, meine Lieblingswalzer hier in diesem Beinahe-Hotel, Beinahe-Bahnhofsaal zu erlauschen. Olga hat sie mir einst gespielt … Sehe ich sie wieder? Oder wird sich in solchen einsamen Irrfahrten all mein Leben verausgaben?

6. Dezember

Jegorow durchforstet die ganze Stadt. Ohne Rast, ohne Ruh durchkämmt er selbst noch den kleinsten jüdischen Laden, jeden Hof, jeden Keller, jedes Dachstübchen, ja, selbst vor dem Friedhof und der Kathedrale macht er nicht halt. Er ist finster, sagt grimmig:

– Wer kennt die schon, diese Teufelinnen ... Denen ist alles zuzutrauen ... Tragen ja kein Kreuz. Doch ich krieg die schon. Und wenn ich sie ausbuddeln müsste. Na, der werd ich zeigen, wo der Hammer hängt. Wo hätte man denn sowas gesehen, dass ein Weib eigenhändig herumballert? Haben doch dazu ihre Helfershelfer ... Denn es steht geschrieben: *Und siehe, ein Weib ...* Wenn die ihm doch wenigstens ein Weib wäre. Von wegen, pfui, bloß so eine ... *Kommät.* Eine Schande ist das ...

– Was hast du denn vor?

– Was ich mit ihr vorhabe? Fedja und ich lassen uns schon was einfallen. Wir lassen es uns kräftig durch den Kopf gehen. Und wenn ich sie bei lebendigem Leib verbrennen müsste, es wär nicht zu schad' um sie.

Da steht er an der Tür, aufrecht, graubärtig, streng. Und ich weiß: Wenn ich ihn nur lasse, verbrennt er sie, ohne mit der Wimper zu zucken.

7. Dezember

Madame Minkowitsch liegt gar nicht mal falsch ... Auf der Straße Patrouillen, die für Ordnung sorgen. Doch es gibt keine Ordnung, nur Betrunkene. Und ob betrunken oder nicht – die Soldaten und Offiziere sind auf Raub aus. Überall in der Stadt wird am laufenden Band geplündert, ganz offen und ungeniert. Gestern kommt zu mir ein Arzt, dem hat man seine Apotheke *erschwungen.* Er beschwert sich. Er sagt, unter den Kommunisten war es nicht schlechter: *Natürlich schleppten die einen zur Tscheka ... Aber jetzt, in eurer Freiheit, bringt man einen doch auch zur Gegenaufklärung?* ... Bei der Gegenaufklärung, da sitzt Jegorow. Was unterscheidet Jegorow von einem Tschekisten? Was unterscheidet mich von einem Kommissar? Unser Glaube freilich, der ist anders, unseren Taten ist das nicht anzusehen. Wir sind mit derselben Myrrhe gesalbt. Da bekämpfen wir uns, doch der einfache Mann verflucht uns beide, die Weißen wie die Roten: *Den Burschen stehen schon die Haare zu Berge.* Aha, und warum ertragen uns *die Burschen* auf geradezu knechtische Art?

8. Dezember

Ich schlage das Evangelium auf: *Und das Wort ward Fleisch und wohnte unter uns, voller Gnade und Wahrheit* … Wo ist denn unser Wort, das Fleisch ward? Wo ist unsere Wahrheit, unsere göttliche Gnade? *Zumal Jegorow gelogen hat: Als wüssten wir, für wen wir kämpfen.* Ich weiß, warum ich sie hängen lasse, aber ich weiß nicht, wofür. In der Reserve wird ein Zar fabriziert, oder vielmehr eine Zarenpuppe, so ein lustiger Bilderbuch-Napoleon. Soll etwa so jemand Russland erretten? … Samt den Generälen und Herrschaften? All jenen also, die das russische Volk als blutigen Auswurf ausgespien hat? Moskau … Moskau ist geschändet und von Soldatenstiefeln zertrampelt. Was können wir dem entgegenhalten? Eine andere und noch größere Schande und genau solche Soldatenstiefel? Oder vielleicht rührselige Phrasen, bleiche Ohnmacht der neuen Mirabeaus? … *Welch ein Teufel ritt mich, als Russe geboren zu werden?*

9. Dezember

Ja, der Teufel ritt mich, als Russe geboren zu werden. Das *Gottesträgervolk* hat uns alle gelinkt. Das Gottesträgervolk dienert sich an, oder aber es rebelliert, entweder bereut es inbrünstig oder tritt einer Schwangeren in den Bauch, entweder löst es *die großen Weltfragen* oder züchtet Hühner in einem erbeuteten Konzertflügel. *Wir undankbaren feigen Toren mit eisigem Kastratenherz.* Vor allem mit einem Kastratenherz. Für die Heimat stirbt ein winziger Haufen, für die Freiheit kämpfen Einzelne. Die Mirabeaus aber halten Reden. Und wenn man ihnen lauscht, scheint alles erforscht, berechnet und vorausgeschaut. Und wenn man sie betrachtet, scheint alles ordentlich, würdevoll und wohlgesittet. Aber glaubt man auch nur einen Deut ihnen und ihrer traumtänzerischen Liebe zum Volk, versinkt man im schwammigen Morast wie ein weißrussischer Bauer in einem Moorloch. Was ist der Ausweg? *Zu Wurst machen* oder eine Herrscherknute? Die Herrscherknute oder hohles Gerede?

10. Dezember

Madam Minkowitsch klopft bei mir an:

– Herr General, Sie bekommen Besuch.

Ich drehe mich um. An der Schwelle steht eine junge Frau in einer weißen Papacha. Sie hat graue sehr große Augen und runde rot gefärbte Wangen. Sie nähert sich mir unentschlossen.

– Sie sind überrascht? Ich bin Teterina.

Ich bin keineswegs überrascht. Es blieb ihr doch gar nichts anderes übrig: Eine gehetzte in der Falle sitzende Wölfin. Ich schiebe ihr einen Stuhl zu.

– Nehmen Sie Platz.

Sie holt ihr Taschentuch heraus und weint. Ich schweige. In der Tür erstehen wie aus dem Nichts zwei stumme Gestalten: Jegorow und Fedja. Sie betrachten sie gierig und unverwandt.

– Ich komme … Ich komme, um Ihnen meine Dienste anzubieten …

– Welche Dienste?

– Ich will bei den Weißen dienen.

– Sie waren eine Agentin der Tscheka?

Sie kämpft mit den Tränen.

– Aber nur unter Druck … Die haben mich gezwungen …

– Sie wissen, Ihr Mann wurde gehängt?

– Er war nicht mein Mann …

Ein glühender Ring würgt mir den Hals … Sie hat eigenhändig unsere Soldaten erschossen. Sie hat sie vor dem Tod noch gequält. Wir haben ihren Mann gehängt. Und jetzt verrät sie ihre eigenen Leute.

– Ich werde Sie nicht in meine Truppe aufnehmen.

Lächelnd lässt sie die Augen sinken.

– Schade … Ich wäre zu allem bereit …

– Zu allem? … Nun gut. Sie haben die Wahl. Entweder überlasse ich Sie … den beiden da, oder … Sie geben sich selbst die Kugel. Ihre Entscheidung.

Jegorow und Fedja rücken näher. Sie kann es nicht glauben. Sie sagt:

– Sie scherzen wohl?

– Nein.

– Aber das ist unmöglich …

– Ordonnanz!

Sie richtet sich auf. Sie hat endlich begriffen. Sie weint nicht, sie hat aufgehört zu lächeln. Und stürzt plötzlich voll Wucht zu Boden. Es windet sich ein fülliger, mit einem Mal entkräfteter Leib. Ich sage:

– Schafft sie fort.

Jegorow nähert sich ihr und gibt ihr einen Stoß mit dem Stiefel.

– Aufstehen, Höllenbrut … Es ist Zeit.

Und Fedja zwinkert mit dem einzigen Auge:

– Madame, zum Rasieren bitte hier lang.

11. Dezember

Das Salz ist ein gutes Ding; wo aber das Salz dumm wird, womit wird man's würzen? Habt Salz bei euch. So steht es im Lukasevangelium. Nun, Salz haben wir reichlich. Und zwar starkes und salziges Salz. Salz haben auch die anderen genug, unsere unversöhnlichen Feinde. Aus der Perspektive eines ruhigen Sessels, eines sauberen Zimmers, eines maßvollen Lebens sind wir genau solche Räuber wie die. *Wir sind mit derselben Myrrhe gesalbt.* Also gut. Doch ich frage mich, was ist besser: Ein Dasein in Wohlstand, also im Grunde eine feige und kleinliche Existenz, oder unsere Sündhaftigkeit? Wer ist der Wahrheit näher gekommen – der heilige Kassian? Der heilige Nikolaus? Kassian mit seinen schönen Gewändern, Frömmigkeit und Gebet. Nikolaus mit seinen elenden Lumpen, in lauter Schmutz und Blut. Dabei wird Nikolaus ganze neunmal im Jahr gefeiert. Was wissen wir schon? Was können wir wissen? *Und ich sah, und siehe, ein schwarzes Pferd. Und der daraufsaß, hatte eine Waage in seiner Hand.*

Fedja steckt in der Küche, er tändelt dort mit der Tellerwäscherin. Die Tellerwäscherin ist alt und fett, aber Fedja ist nicht sehr wählerisch. Er hat sich heute hübsch gemacht, hat sich Butter ins Haar geschmiert, sich mit *Birkencreme* gewaschen, *tja, weil's fesch ist,* wie er sagt. Sehnsüchtig greift er in die Saiten, die Tellerwäscherin kichert und kreischt. Fedja muss sich keine Sorgen machen.

12. Dezember

Die Roten greifen an. Ich gehe zur Brücke. Sie wird von den Ex-Rotarmisten verteidigt, die wir gefangen genommen haben. Wrede hat den Befehl über sie. Am anderen Ufer ist ein kahler Strauch, ein niedriges und dichtes Gestrüpp. Dahinter verstecken sich die Schützen. Die Roten feuern lau und unschlüssig, so als wüssten sie nicht, wozu. Auf der Brücke sind Maschinengewehre postiert. Ein hochgewachsener Kerl mit goldblondem Haar erkennt mich wieder und ruft heiter:

– Grüß Sie, Herr Oberst.

– Geht's Ihnen gut?

– Muss, Herr Oberst.

– Und? Wo lebt es sich besser?

– Bei uns, versteht sich.

Bei wem *bei uns*? Bei uns oder bei denen? Die einen wie die anderen sind ja *wir*. Ich frage ihn:

– Und warum ist es besser?

Er strahlt auf von Kopf bis Fuß:

– Dass Sie überhaupt noch fragen! Wir wissen wenigstens, wofür wir kämpfen.

– Und wofür?

– Für Russland.

Für Russland. Also genau wie Jegorow. Also ist Russland kein leerer Schall, kein toter Name in einem Schulatlas. Also bin ich nicht der Einzige, der mit Russland bis aufs Blut verbunden ist. Also klingt Russlands Stimme auch in diesen einfältigen Herzen. Russland … Ihm, unserem Mütterchen, gilt unser Leben, unsere tätige Liebe.

13. Dezember

Attacke. Wieder splittern Granaten. Wieder winseln Schrapnelle. Golubka spitzt ängstlich die Ohren und wendet das Maul dem Fluss zu. Ich versuche, sie zu beruhigen, und reite langsam zur Batterie. Doch da, gleich über meinem Kopf, rotiert und rattert ein Riesenrad. Ein Licht blitzt auf. Heiße Schwaden von Rauch. Unwillkürlich weiche ich zurück und lasse die Zügel los. Golubka bäumt sich … Wrede holt mich ein.

– Juri Nikolajewitsch, wir können die Stellung nicht länger halten.

Blut schießt mir ins Gesicht.

– Und warum?

Er aber antwortet ruhig:

– Sie glauben mir nicht? Schauen Sie doch selbst.

Ich schaue. Unsere Ex-Rotarmisten kämpfen nicht übel – wie die Ulanen. Sie haben auch keine andere Wahl: Siegen die Roten, dann werden sie erschossen. Aber ihrer sind nicht mehr so viele geblieben. Aber die Schützen nehmen die Brücke ein. Aber hinter dem Hügel bei der Batterie ertönt bereits ein lautes *Hurra!* …

14. Dezember

Es ist vorbei. Wir rücken ab. Und? Was habe ich mit all dem erreicht? … Hinter mir die heimatliche Wildnis, vor mir die fremde Landesgrenze. Wo ist Moskau? Der Traum von Moskau?

Und wieder der reifbestreute Forst, das scheppernde Zaumzeug, das stete Getrappel. Und wieder schnaubt Golubka und lässt den ledernen Sattel leise knirschen. Und wieder die gewohnte, nein, eine neue jahrhunderteschwere Erschöpfung. Die Ulanen singen nicht mehr … Ich blicke auf ihre spärlichen Reihen. Wrede reitet in niedergeschlagener Stimmung, mit gerunzelter Stirn, im Sommermantel. Auch Jegorow ist bedrückt. Nur Fedja lässt den Mut nicht sinken. Er richtet seinen Pelzkragen auf. Ihm ist warm. Er trällert vor sich hin:

Wir waren auf der Feier,
der Feier, der Feier.
Man jagte uns zum Geier,
man jagte uns hinaus …

Und ich befehle:

– Vorwärts! Trab …

II

3. Juli

Gruscha sitzt im Gras. Im rosa Hemd. Es ist Abend. Die lauwarme Luft ist durchsummt von Mücken.

– Und Gruscha, hast du es herausbekommen?

– Hab ich.

– Wie viele sind es?

– Ach, bloß drei. Sind im vierten Hof rechts. Trinken Selbstgebrannten seit dem frühen Morgen.

– Kommen die aus der Stadt?

– Ja, aus Rschew. Der Rotschopf, der arbeitet in einer Fabrik. Der Struppige hat wohl ein geistliches Amt. Der Dritte scheint so ein Schreiber zu sein.

– Sind vom Exekutivkomitee?

– Freilich, das Rattengeschmeiß … Mit einem Fetzen Papier, haben auch Flinten mit. Sagen, die wollen hier Enten zählen.

Sie lacht und fletscht ihre weißen Zähne. Und verdeckt mit dem Ellbogen das Gesicht.

– Gruscha, hast du denn gar keine Angst?

– Angst wovor? … Die mach ich doch fertig. Schleich mich nachts an sie ran und mach sie platt. Die drei sind doch keine drei Groschen wert.

– Und wenn sie dich erschießen?

– Mich erschießen? Ach was … Ich lauf in den Wald. Zu dir.

Ich setze mich neben sie. Sie senkt den Kopf. Schiebt mich schüchtern mit der Hand beiseite:

– Guter Herr … Täubchen … Hier sind doch Leute …

4. Juli

Seit vier Wochen sind wir im Wald. Ich habe sechsundzwanzig Mann – *Banditenpack*. Über uns kursieren Legenden. Es heißt, wir seien zwei Divisionen, hätten Kaluga eingenommen und marschierten bereits Richtung Moskau. Im nicht enden wollenden Stimmenchor wird überall das Gerücht verbreitet: Hier kommt unsere eigene Macht, nämlich die des Volkes, und vertreibt endlich die *Höllenbiester.* Und der ganze Umkreis glaubt fest an uns. Ich könnte sie alle zusammentrommeln – Stolbzy, Moschary, Subowo, Sytschowka. Doch ich kenne weder Zeiten noch Fristen.

Heute bin ich mit der Sonne aufgestanden und ging los, ohne auf den Weg zu achten. Unter den Sohlen Farn und Moos, über dem Kopf ein durchsichtiger vom nächtlichen Regen durchspülter Himmel. Es ist noch früh, noch ist kühl die Sonne, doch schon schwirren über den wilden Himbeern die Bienen. Ich folge ihnen mit fleißigem Auge. Sie leben nur einen kurzen Sommer und wir nur ein kurzes Menschenleben. Sie arbeiten tüchtig, wir aber kämpfen. Sie hinterlassen Honigwaben, und wir … Was hinterlassen wir? …

Ich bin ein *Grüner.* Ich halte mich in einem grünen Wald versteckt. Ich bin glücklich. Ich bin glücklich, weil ich ein Diener Russlands bin.

5. Juli

Spät am Abend schleichen wir uns durch die Gärten an Stolbzy heran: Ich, Jegorow, Fedja. Es riecht stark nach Dill und Hanf. Der Mond strahlt. Im Mondlicht erscheint ein hoher Schatten – Gruscha im weißen Kopftuch. Sie flüstert:

– Hierher … Kommt hierher.

Sie führt uns auf dem schnellsten Weg, hintenherum. Beim vierten Haus auf der rechten Seite klopfe ich vorsichtig an die Tür.

– Wer da?

– Komm doch einmal kurz raus.

Der Riegel knarrt, hinter der Tür zeigt sich ein Kopf. Ich erkenne den *Struppigen,* den mit dem *geistlichen Amt.* Er blickt sich um und kratzt sich am Bauch.

– Du bist doch ein Genosse aus Rschew?

– Ja … Und wer bist du?

Ich antworte nicht. Ich hebe den Arm und drücke ab, ohne zu zielen. Eine gelbe Flamme blitzt auf, über die Außenstiege zieht Rauch … Doch ich will nicht hinein. Nur Jegorow und Fedja. Und immer noch strahlt der Mond … Auf der leeren Straße am Tor steht Gruscha. Ihre Lippen sind halb geöffnet. Ihr Atem geht schwer und in schnellen Stößen. Und doch bleibt sie hier. Ich sage ihr:

– Geh nach Hause, Gruscha.

Sie erbebt:

– Ach nein … Wozu denn? … Ich warte noch …

6. Juli

Jegorow sagt:

– Kaum sind wir zur Tür rein, da fällt er auch gleich über mich her … Beißt mir in die Hand, der verdammte Rotfuchs … Nun, den hat Fedja rasch kaltgemacht. Doch der andere Schweinehund schmeißt sich auf die Pritsche und zittert und zittert am ganzen Leibe: *Gute Leute, verschont mich, um Christi willen* … Und ich zu ihm: *Es ist dein Ende, los, du Bastard, bete zu Gott* … Und er stammelt und stammelt: *Ich werde euch dienen mit Leib und Seele, ich werde für euch Broschüren drucken* … Das muss sich einer mal vorstellen: Seine Fresse blutet, sein Auge hängt an einem Faden, und da faselt er was von Broschüren. Lachhaft! … Noch so ein Schreiberling …

Es ist Mittag. Es ist schwül. Im Lager kein Mensch. Manch einer hält Wache, ein anderer ist beim Auskundschaften, wieder andere schlafen. Der Rest des *Banditenpacks* spielt im Schatten eines großen Ahorns Akulka. Natürlich ist Fedja der Anführer. Er grinst und schummelt, was das Zeug hält. Nie behält er am Schluss die Akulka: *Hab eben Dusel,* sagt er … Jegorow sieht sich das mürrisch an. Er schaut lange zu und spuckt schließlich aus:

– Pfui! Da paffen die und spielen Karten, um den Leibhaftigen zu erfreuen. Gottloses Gesindel … Wartet nur ab: Werdet im ewigen Feuer brennen. Gott wird euch für die Sünden schon büßen lassen! …

8. Juli

Iwan Lukitsch ist ein ehemaliger sowjetischer *Funktionär.* Gestern noch Exekutivkomitee, eingetrichterte Marx-Zitate, blinder Gehorsam dem *GZEK* gegenüber. Heute ist er mit uns im Wald. Er ist nicht sehr groß, hat aber breite kräftige Schultern – wie es so schön heißt: *Gut entworfen, schlecht genäht.* Der Sohn eines Diakons, wegen *Bedenklichkeit* aus dem Seminar geworfen. Er kommt zu mir allein, unbewaffnet, an den Wachposten vorbei und beginnt finster:

– Ich muss Sie warnen, ich bin Bolschewik.

Voller Neugier betrachte ich ihn.

– Und will zu den Grünen.

– Ein Bolschewik und will zu den Grünen?

– Ja. Langsam reicht es. Genug gespielt. Früher oder später seid ihr eh an der Macht.

– Wer *wir?*

– Na das echte Volk …

Seine Offenheit imponiert mir. Ich gebe ihm einen Revolver und ein Gewehr und zahle ihm mit gleicher Münze heim:

– Sie wissen aber, dass wir nicht nur hängen, sondern auch plündern?

– Die Kommunisten? Gut so. Die haben es nicht besser verdient.

– Wieso das?

Er runzelt die Stirn.

– Ich Trottel bin auf sie reingefallen … War alles gelogen. Diese Mistkerle. Lassen auch wirklich keinen in Ruhe. Wollen sich alles in die Taschen stopfen.

9. Juli

Gruscha kommt mich in der Nacht besuchen – barfuß, auf verschlungenen Pfaden. Mich erregt der Glanz ihrer Augen. Mich erregt ihr so junger Körper. Sie strotzt nur so vor unverbrauchter Kraft und hat diesen ganz und gar unauslöschlichen, diesen fast schon animalischen Durst. Die Erde atmet in tiefer Ruhe. Leise schimmert die Milchstraße. Die *Banditen* schlafen wie Säuglinge. Nur in uns beiden lodert das Feuer.

Und dennoch ist Gruscha mir fremd. Fremd ist mir ihre naive Sprache mit all diesen *Täubchen* und *Spätzelein* … Ich denke an Olga. Und mir ist, als wäre es nicht Gruscha, sondern Olga, die mich umarmt, als wäre es nicht Gruscha, sondern Olga, die mich küssen will. Olga … Wie tief ist der Abgrund, der uns voneinander trennt?

10. Juli

Und es wurden Stimmen und Donner und Blitze; und ward ein solches Erdbeben, wie solches nicht gewesen ist, seit Menschen auf Erden gewesen sind, solch Erdbeben also groß! … Doch die Harmonika quietscht ihre flotten Lieder, doch die Kerle trällern frivole Couplets, doch am Zaun raufen verlauste Kinder, doch kräftige Schnäpse werden gebrannt, doch knistert der harzbetröpfelte Kienspan, doch hängt das Gefluche noch in der Luft. Dasselbe zerstocherte Ackerland, dieselben unbefahrbaren Pfade. Aber vor allem ist es der Ort, *wo der Hammer hängt*. Und es ist genau dieser Hammer, gegen den ich seit Langem so fruchtlos kämpfe … Wo sind denn *die Stimmen, der Donner, der Blitz?* – Sie sind gar nicht da. Was aber da ist, ist die alles beherrschende allgegenwärtige allrussische Knute, dieselbe wie damals zur Zarenzeit. Und dafür vergoss man ein Meer von Blut? …

Gruschas Vater, Stepan Jegorowitsch, ein Srednjak, war seinerzeit ein recht wohlhabender und ist nun ein beinahe ruinierter Bauer. Ich frage ihn, warum das Dorf die *Weißen* nicht unterstützt hat. Er denkt nach:

– Wie soll ich es dir erklären, Verehrtester? Das ist weit mehr als nur eine Laune. Ich sag es mal so: Bin nackt wie ein Huhn, arm wie eine Kirchenmaus. Und doch hab ich alles in der Hand. Und kommen die Generäle, dann leb ich vielleicht in Saus und Braus, aber nicht als Herr im eigenen Haus, sondern als Knecht auf fremdem Hof. Ja, das wird es wohl sein.

– Aber kriegst du nicht immer noch die Knute zu spüren?

– Freilich. Aber wer schwingt sie denn? Doch wohl unsereins: Ein Fabrikarbeiter, ein Bauer … Mit denen werden wir schon fertig. Mit den Herrschaften kaum …

Also *hängt der Hammer* in den Gutshäusern?

11. Juli

Iwan Lukitsch hat Duchowschtschina einen Besuch abgestattet. Er berichtet:

– Ich trete ein und sage: *So, Genossen, und jetzt schön brav hoch mit den Pfoten!* … Die Bauern sinken allesamt auf die Knie, und der Leitende hält mir die Schlüssel hin: *Hier die Schlüssel, Herr Ataman* … Ich befehle, die Ware aus dem Fenster zu werfen: Leinen, Nägel, Leder, Sohlen. Dann sage ich zu den Bauern: *Na los, Burschen, nehmt … Gehört alles euch.* Erst sind sie unschlüssig, trauen sich nicht. Da kriegt einer von mir ein paar auf die Löffel: *Na los, du Schafskopf … Ist ein Geschenk.* Schon greifen sie zu und türmen alles auf Karren. Und der Leitende, der Parteifunktionär, steht ein Weilchen da und schleudert plötzlich seine Kappe mit Wucht zu Boden: *Verflixt und zugenäht, bin ich etwa schlechter als die anderen?* … Und lädt sich ebenfalls was auf den Karren. Tja, Kommunisten … Kenn ich nur zu gut … So sind sie alle.

Er brachte eine Milliarde sowjetischer Rubel mit sich. Die lege ich in den Geldschrank. Davor steht ein Wachposten. Beim *Banditenpack* gilt es aufzupassen. Die nehmen es auch von den eigenen Leuten, wenn ihnen der Sinn danach ist. Ich könnte auch sagen: *Tja, die Grünen … Kenn ich nur zu gut … So sind sie alle.*

12. Juli

Gruscha fragt mich:

– Wann willst du dir endlich Rschew unter den Nagel reißen?

– Rschew?

– Aber ja doch. Ihr könnt doch nicht ewig am Ofen ruhn …

– Am Ofen? …

Sie lacht.

– Ist das etwa kein Ofen? Ihr lebt ja hier wie im Garten Eden. Alles für euch da: Pferde, Kühe, Schafe, selbstgebrannter Schnaps. Ihr speist wie die Herrschaften von seidenen Tüchern. Und schlaft auf Daunen wie die Kaufmannsgattinnen … Sieh dir doch deinen Einäugigen an: Hat sich schon ein Bäuchlein zugelegt …

– Meinst du Fedja?

– Genau den, deinen Oberaufknüpfer.

– Wieso, bist du etwa neidisch, Gruscha?

– Bin nicht neidisch, aber die Leute warten.

– Warten worauf?

– Dass du Richtung Moskau marschierst.

Ich sehe sie an. Da sitzt sie neben mir, barfuß, in ihrem rosa Hemd. In den Augen keine falsche Bescheidenheit: Einfach so Richtung Moskau marschieren.

– Warum tun es denn die Bauern nicht selbst?

– Weil sie keine Kraft haben.

– Na ja, die haben wir auch nicht.

– Du? … Du hast keine Kraft? …

Sie will es mir sagen und kann es nicht. Sie glaubt, für mich sei alles möglich. Das Schicksal hat mich für den Kampf bestimmt.

13. Juli

Abends kehre ich zurück. Die Sonne sinkt, im Wald verdichtet sich das Dunkel. In der Ferne sind einzelne Stimmen hörbar. Auf der Wiese neben dem Akulka-Ahorn hat man ein Lagerfeuer gemacht. Das *Banditenpack* drängt sich um die Flamme. Die roten Zungen steigen auf.

– Jegorow!

Er wirft Holz ins Feuer. Und nähert sich mir ohne jede Eile.

– Jegorow, was ist los?

– Na was schon. Wir braten den Genossen Provokateur.

– Wie? …

Ich schaue. Erst jetzt bemerke ich dort vor dem Ahorn einen Mann. Er ist angebunden. Ich erkenne Sinizyn, einen Bauern aus Moschary. Durch den Rauch erglänzen die nackten Schultern. Der schwarze und arg zerzauste Bart ragt steif empor.

– Ihr Mistkerle! …

– Mitnichten, Herr Oberst. Was soll man mit so einem Wicht schon anstellen? Ihn zu Tode peitschen, kostet nur Zeit. Ihn hängen, ist irgendwie eine Schande … Also lassen wir ihn ein klein wenig schmoren.

Ich wende mich ab. Ich gehe fort, ohne mich umzublicken, in die Felder. Beim Gehen höre ich noch:

– Los, Fedja, seng ihm ein bisschen den Bart an.

14. Juli

Fedja liebt die Tierwelt über alles. Liebevoll pflegt er die Pferde, liebevoll melkt er die Kühe. Die *sprachlose Kreatur* ist sein bester Freund. Er fand im Dorf einen Welpen, Kaschtanka, und brachte ihn unter seinem Mantel ins Lager. Der Welpe ist winzig, hat gelb geflecktes weißes Fell und einen Hängebauch. Ungeschickt torkelt er durch das Gras und stößt mit der Nase gegen Fedjas Stiefel. Wie ein fürsorgliches Kindermädchen nimmt ihn Fedja auf den Schoß. Mit seinem eigenen Kamm entfernt er ihm die Flöhe und wäscht ihn dann mit Seife nach. Es ist still und schwül. Fedja trällert ein Waldlied in Pskower Manier:

Auf dem Berge in der Höh',
da bekriegen sich die Flöh',
zweie ringen,
zweie singen,
zweie liegen mausetot.

15. Juli

Mich weckt ein sommerlicher Regen. Es wird langsam hell. Im ganzen Wald raschelt es leicht. Alles feucht. Alles trübe. Ich stehe auf. Draußen am Zelt schlummert ein Wachposten. Auch die anderen *Banditen* schlafen verstreut. Denen ist längst *alles schnurz* ... Die kennen schon lange keine Sorgen mehr. Ich atme den frischen Regenduft ein. Ich freue mich über sein verhaltenes Rauschen. Ich trinke die kühle und feste Luft. Die Seele taucht ins Vergessen ein. Und wieder ist alles fort – das Lager, ich selbst, das *Banditenpack,* der Wald. Nur noch das eine, das ewige überaus gesegnete Leben. Und irgendwo ist Olga.

16. Juli

Gruscha schlägt die Hände vors Gesicht und lacht aus vollem Halse. Die Schultern zucken, die hohe Brust bebt. Ich frage:

– Gruscha, was ist denn?

Sie verschluckt sich fast vor lauter Lachen.

– Das ist ja zum Piepen ... Einfach zum Piepen ... Dein Oberaufknüpfer, dieser Fedja Moschenkin ...

– Was soll mit ihm sein?

– Hat sich aufgedonnert ... Nennt mich Agrafena Stepanowna, hat mir neulich ein Haarband geschenkt ... Und heute hängt er sich an mich ran und steckt mir doch glatt einen Rubel zu. Da kriegt er von mir eins übers Ohr ... Und rückt auch gleich ab, der Goldjunge.

– Ach, Gruscha, was tust du da?

Sie hört auf zu lachen und schaut mir streng direkt in die Augen:

– Was ich tue? ... Wieso? Bin ich etwa ein Flittchen? ... Und dass ich mit dir zusammen bin, ist das etwa meine Schuld? ...

– Wessen denn?

Sie schweigt. Na, prächtig, dann habe ich jetzt einen Rivalen: Fedja.

17. Juli

Wrede war hinter Kaluga und hat in der Nähe von Alexino einen Zug des Kommissariats hochgenommen. Er kehrt zurück mit fetter Beute: Viel Geld, Brillanten und drei Siegestrophäen – ein Maschinengewehr, ein Siegel von der Gub-Tscheka und ein Rotbannerorden. Fedja ist zufrieden: *Hatten nix als ein Tüchlein und ein kleines Büchlein, jetzt kann man sich auch unter feinen Herren sehen lassen.* Ich schicke ihn nach Moskau, um Valuta zu holen. Die verteile ich dann an die hiesigen Bauern. Und sie werden das Geld im Wald vergraben.

Am Zelt diskutiert Iwan Lukitsch mit Wrede. Er raucht und sagt:

– Sie halten sich wohl immer noch für einen Leutnant? Dabei gibt es die Leutnants längst nicht mehr. Die Leutnants, die sind doch Schnee von gestern.

Wrede ärgert sich:

– Und Sie sind Bolschewik.

– Na, was ist schon dabei, dass ich Bolschewik bin? ... Sie haben doch einzig Flausen im Kopf: Ehre! Das heilige Russland! Das Volk! ... Ich dagegen pfeife auf Ihre Hirngespinste. Ich nehme das Leben so, wie es ist, ohne Schnörkel.

– Dann ist Russland also ein Schnörkel?

– Ja, auch Russland ist ein Schnörkel. Sie sollen gefälligst nicht an Russland denken, sondern einfach nur Ihre Sache tun. Der Ameisenhaufen ist groß genug. Ein jeder trägt seinen eigenen Grashalm.

– Und welchen Grashalm tragen Sie?

– Denselben wie Sie. Und zwar noch. Denn wenn die Zeit kommt, gehen wir getrennte Wege.

Wrede spöttelt:

– Na dann, viel Spaß bei der Komintern.

– Ach, zum Teufel mit der Komintern. Die Komintern ist ein Krämerladen. Bei der Komintern, da sitzen doch lauter Halunken … Nein, ich lege mir einen Bauernhof zu. Und Sie … Sie sind einer von den ewig Gestrigen. Solche wie Sie werden gefressen.

– Aha, und von wem?

– Von solchen wie mir.

Wrede ist beleidigt und geht. In der stickigen Luft liegt ein Hauch von Gewitter. Ohne Fedja langweilt sich Kaschtanka und gibt nur ein klägliches Winseln von sich.

18. Juli

Und wieder diskutiert Iwan Lukitsch mit Wrede. Ich höre seinen Seminaristenbass:

– Die Weißen sind doch allesamt Dreck. Und Hochwohlgeboren sollte das langsam, aber sicher begreifen.

Wrede reagiert wie immer hitzig:

– So, so, die Weißen sind also Dreck? Na prima … Aber warum in aller Welt? Weil sie plündern, erschießen und die Knute einsetzen? Und was ist mit den Grünen? Plündern die etwa nicht? … Ich habe zum Beispiel einen Zug hochgenommen. Setzen die etwa keine Knute ein? … Sie selbst haben doch erst gestern den Kapljuga ausgepeitscht? Und warum? … Weil er trinkt. Seit wann darf man denn einen fürs Trinken auspeitschen? … Und erschießen? … Nein, sowas tun wir nicht, lieber lassen wir die Leute braten … Was haben die Weißen also verbrochen?

– Nichts. Ich sage nur, es sind Kadaver, die riechen nach Verwesung: Diese fürstlichen Hoheiten, diese Goldepauletten. Nein, die Grünen sind vom anderen Schlag. Die Grünen, die schaffen ein neues Leben.

– Für die Volksdeputierten?

– Nein, für sich. Und sei's auch für die Volksdeputierten, was soll's! Wären die etwa so viel schlechter als die Landschaftsvertretung? …

Und fort geht der endlose öde Streit. Worüber streiten sie in Gottes Namen? … Die Weißen sind Kadaver, doch auch die

Grünen sind alles andere als Engel, und die Roten nichts weiter als morsche Gräber. Das neue Leben? ... Ja, irgendwo entsteht es. Fragt sich nur, wo? Fragt sich nur, bei wem? Fragt sich nur, von welcher Art? ... Wo ist der Reiter mit der Waage? ...

19. Juli

Ich konnte heute nicht einschlafen. Durch den Nussbaum zuckte der Wind. Und auch das Zelt ruckelte, zitterte. Der Ahornwipfel brummte laut. Dann war alles still. Doch mit einem Mal – aufging der kohlenschwarze Himmel. Blasse Flammen umsäumten den Wald, da wurde es im Forst noch finsterer. Schon aber dröhnte der drohende Donner, weich und warm strömte der Regen. Aus dem Dunkeln trat Jegorow hervor:

– Das, Väterchen, ist der Prophet Elias, der da mit seinem Wagen rattert. Er jagt in den Wolken dem Judas nach.

– Warum dem Judas?

– Na, wem denn sonst? Judas bricht aus der Hölle aus. Also schickt der Herr den Propheten Elias, auf dass er ihn wieder einfängt. Wirst schon sehen, Elias lässt ihn nicht entwischen.

Er bekreuzigt sich mit zwei Fingern und schweigt noch lange. Dann gähnt er.

– So ein schöner Regen … Ach, was meint es doch der Herr mit uns gut!

Da sage ich:

– Und mit Sinizyn?

– Nun, was soll schon mit ihm sein? … Ist hingeschieden, ohne Reue zu zeigen. Schmort jetzt mit Judas im Höllenfeuer.

20. Juli

Mokejitsch ist ein alter *Bandit,* der seit vier Jahren im Wald lebt. Ich hatte ihn zum Auskundschaften losgeschickt. Er war in Rschew und in Wjasma. In Wjasma wurde er dann geschnappt, doch es gelang ihm, vor der Tscheka zu türmen. Sein Ponum ist noch voll blauer Flecken, der Rücken übersät mit violetten Schrammen und einer der Finger abgehackt. Er sagt, man habe ihn *etwas rangenommen.* Er berichtet, die Roten bereiten sich zum Kampf. Das nenne ich: Mit Kanonen auf Spatzen schießen. Wir sind nur siebenundzwanzig Mann. Zwar könnten wir morgen schon Tausende sein. Aber ein paar Tausend Bauern machen noch lange kein Kriegsheer. Nein, unser langsam verglimmender Funke schürt gewiss kein sprühendes Feuer, entfacht keinen lodernden Flächenbrand. Die *Alten* bremsen mich: *Eile mit Weile.* Ich will nicht weilen, so viel steht fest, doch wer vermag schon wider den Stachel zu löcken?

Jegorow pflegt Mokejitsch gesund. Gibt ihm Selbstgebrannten zu trinken, reibt seine Narben mit *Heilkräutern* ein. Mokejitsch ächzt. Er schwört hoch und heilig, dass er nicht einen, sondern hundertundeinen Finger abhackt … Er bringt ein Flugblatt aus Moskau mit. Darin heißt es: *Im Landkreis Rschewsk wütet eine Schar von Banditen, von Söldnern der Entente und der Weißgardisten. Genossen, die Republik ist in Gefahr! Genossen, auf in den Kampf mit den Banden! Es lebe die RSFSR! …* Ich verlese die Worte laut. Jegorow hört sie sich an und spuckt aus:

– Wer kann das schon aussprechen? *Ressefesser* … Warum sagen die Höllenbiester nicht gleich: *Der Antichrist*.

21. Juli

Gruscha hat Olgas Portrait entdeckt. Olga steht im weißen Spitzenkleid mit einem Sonnenschirm auf einem Parkweg. Ich liebe dieses so intime, so schlichte, ihr so ähnliche Bild. Das da ist Sokolniki. Das da sind unwiederbringliche Tage.

– Und? Wer ist sie? Deine Schwester?

– Nein, Gruscha, ich habe keine Schwester.

– Also deine Verlobte? …

Ihre Wangen fangen Feuer. Ein Schatten schwirrt über ihr Gesicht.

– Ob nun Verlobte oder nicht, auf jeden Fall eine Vornehme, sieht man sofort … Da komme ich Kuhmagd nicht gegen an …

– Gruscha …

– Die lebt doch bestimmt in Prachtgemächern, trägt goldene Kleider und silberne Schühchen …

– Gruscha, sei still …

– Kennen wir doch … Mit mir, einer Bäuerin, seinen Spaß haben, aber heiraten nur eine feine Dame von seinesgleichen … Nicht wahr, guter Herr? … Ist es nicht so?

Was soll ich ihr sagen? Ich schweige. Und sie errät, weshalb ich schweige:

– Du vermisst sie wohl sehr …

Und dann plötzlich ganz leise:

– Je nun … Dann ist es wohl mein Schicksal …

22. Juli

Gruscha ist außer Atem – sie kommt von Stolbzy zu mir gerannt:

– Ein Vergeltungskommando … Mit Maschinengewehren … An die hundertfünfzig Mann …

– Die Sonderabteilung?

– Ja … Den alten Kusma – weißt du noch, bei dem diese drei gewohnt haben – den haben sie gleich auf die Bank gestreckt und angefangen, ihn auszupeitschen. Sie schlagen zu, und er spricht das *Vaterunser* … Deren Chef brüllt ihn plötzlich an: *Was gibt's da zu beten, du alter Schwachkopf … Gestehen sollst du* … Und dreschen und dreschen auf ihn ein. Kusma schafft es mit Müh und Not bis nach Hause, legt sich dort auf die Pritsche und ruft seinen Sohn herbei, den Mischutka. Sagt ihm: *Mischutka, das ist nicht schlimm, dass die mich ausgepeitscht haben. Von mir aus können die mich auch gleich totprügeln. Aber du nimm die Flinte zur Hand und hau sie platt, diese Höllenbiester. Und wenn du fällst, macht Serjoscha weiter.* Aber die vom Vergeltungskommando huschen durchs Dorf, zählen die Kühe, die Schafe, die Pferde, ja, sogar die Hunde, schauen nach Waffen, versuchen, koste es, was es wolle, herauszufinden, wer die drei Schurken erschossen hat. In allen Höfen stöhnen die Leut'. Es heißt, die Alten werden ausgepeitscht, die Jungen kommen allesamt nach Sibirien … Ach, Gottchen, sterben wir jetzt wie die Fliegen? …

Ihre Augen leuchten mit trocknem Glanz. Die Lippen sind

zusammengepresst. Voller Spannung erwartet sie meine Antwort … Sie kennt sie im Voraus.

– Gruscha, wir treffen uns nachts an der Salopichinski-Quelle.

Sie begreift. Sie freut sich und flüstert:

– Mach sie platt. Mach sie platt … Lass nicht einen entwischen. Verrecken sollen sie, die Schweinehunde …

23. Juli

Ich habe von den *Banditen* fünfzehn besonders zuverlässige Männer ausgewählt und sie in zwei Trupps aufgeteilt. Den einen befehlige ich selbst, den anderen Wrede. Ich werde über die Salopichinski-Quelle nach Stolbzy gelangen, Wrede über die große Straße. Um zwei Uhr nachts rücken wir aus.

Ich lasse meine Leute im Roggen zurück und gehe auf dem Feldpfad Richtung Dorf. Die Sterne leuchten vormorgentlich. Am Zaun eine Wache.

– Wer da?

– Hast du etwa keine Augen im Kopf?

Ich trage einen Helm und einen Rotarmistenmantel. Auf dem Ärmel Rauten – Kommandoebene.

– Wo ist der Stab?

– Rechts, neben der Kirche, Genosse.

Kein Dorf, vielmehr ein Reich des Schlafs. Das Vergeltungskommando schläft, die Bauern schlafen – wohl als Vorbereitung auf das große Auspeitschen. Da muss ich an Gruschas Vater denken: *Aber wer schwingt sie denn, die Knute? Doch wohl unsereins: Ein Fabrikarbeiter, ein Bauer* ... Auf der Bank neben dem Gemeindehaus glimmt eine Zigarette. Ich hole den Revolver heraus.

– Ist hier der Stab?

– Jawohl. Und wer bist du?

– Ein Genosse.

– So, so, ein Genosse? ... Hast du auch Papiere, Genosse?

Die Sporen klirren, er steht auf. Da sage ich ihm:

– Und jetzt hoch mit den Händen!

Ich sehe, wie er seinen Säbel zückt. Doch da schieße ich ihm direkt in die Brust. Gleich nach dem Schuss betrete ich die Diele. Die Eichentür knarrt, ein gelbes Licht schlägt mir grell in die Augen. Auf den Pritschen die *Genossen Hauptleute.* Es sind drei. Auf dem Tisch selbstgebrannter Schnaps. Und wieder sage ich:

– Hoch mit den Händen!

Ich kann mir beim Zielen viel Zeit lassen – ob von links, ob von vorne, ob mitten ins Hirn. Wozu auch die Eile, ich bin konzentriert, seelenruhig, ganz bei der Sache. Aber schon herrscht draußen Lärm. Das ist Wrede. Das ist Jegorow. *Hurra! ... Hurra! ... Hurra! ...* Ich gehe zur Tür. Durchs Dorf jagen Menschen, ohne Gewehre, in bloßer Unterwäsche. Und aus vollem Halse krähen die Hähne.

24. Juli

Wrede hat einen Kriegskommissar gefangen genommen und bringt ihn ins Lager. Es handelt sich um einen jungen Mann mit Zwicker, um einen Ex-Studenten. Er ist barfuß: Die Stiefel hat sich Mokejitsch gekrallt. Er zittert und sieht sich verstohlen um. Ich frage ihn:

– Bist du Mitglied in der Kommunistischen Partei?

Er senkt den Blick, traut sich nicht zu gestehen. Ich betrachte dieses hagere, blassblaue, vor lauter Angst entstellte Gesicht.

– Du weißt, ich werde dich hängen lassen.

Er fällt in den Staub, auf die Knie. Und so, auf den Knien, kriecht er zu mir.

– Genosse! ... Genosse Oberst! ... Verschonen Sie mich! ... Ich bin noch jung ...

– Noch jung? Früh übt sich ... –, unterbricht ihn Jegorow. – Los, aufstehen! ... Genug Unsinn geredet.

– Ich bin noch jung ... Lasst mich noch dienen ...

– Wem willst du denn dienen?

– Dem Volk ...

– Dem Volk willst du dienen? –, sagt Jegorow. – Bastard. Höllenbrut.

Die *Banditen* lachen. Sie sind froh: Ein Kriegskommissar, zumal ein Student ... Der Zwicker fällt von der langen Nase, die gesenkten Wimpern beginnen zu zucken, und aus den Augen kullern Tränen:

– Genosse Oberst! … Genosse Oberst! …

Ich kehre zurück ins Zelt. Und höre ein Kreischen. So schreit kein Mensch. So kreischt ein angeschossener Hase.

25. Juli

Hinter dem Lager ist die Wsmostja, ein Nebenflüsschen des Dnjepr. Ich halte mich mit der Hand am Gestrüpp fest und steige hinab zum ruhigen Wasser. Die Riedgräser kratzen mir das Gesicht, der Fuß rutscht aus auf glitschigem Holz. Dann lasse ich mich von der Strömung treiben. Eine schwimmende Natter kreuzt mir den Weg. Sie hebt den gelben Kopf, lässt ihr doppeltes Zünglein tanzen und taucht in die Wellen, die ich verursacht habe. Ich betrachte sie. Ich betrachte die Sonne, die hoch oben steht, den silbernen Strahl, das grüne von Erlen bewachsene Ufer, und kann es nicht glauben, kann es einfach nicht glauben: Ist morgen alles genauso wie heute? Fließt morgen genauso der *Himbeersaft?*

26. Juli

Ich habe zwei, drei Bücher mit, um im finsteren Wald nicht ganz zu verwildern. Das Evangelium, *Belkins Erzählungen* und Gedichte von Baratynski. Heute schlage ich sie auf gut Glück auf:

Aber ach, des Sturmes Raub
in den Erdenfinsternissen,
wird das Laub wie Erdenstaub
wolkenhoch emporgerissen.
Armer, jämmerlicher Geist!
Es ist dieses Schicksalsbrausen,
das auch dich von hinnen reißt,
wie die willenlosen Flausen.

Gelten diese Worte nicht uns? Sind wir etwa keine *Flausen?* Ist der gehängte Kriegskommissar keine *Flause?* Und der verbrannte Sinizyn? Und der halbtot gepeitschte Kusma? Sind Fedja, Jegorow, Mokejitsch keine *Flausen?* Sind wir alle, die *Grünen,* die *Roten,* die *Weißen,* nicht der Dünger und der Same Russlands?

Eingehüllt in Wolkenkleid,
treib ich, fern der Erdengegend,
alles laute Menschenleid
mit Gewittern niederfegend.

27. Juli

Fedja ist aus Moskau zurückgekehrt. Er trägt *schnieken Zwirn* und Breeches mit Schachmuster. In diesem Aufputz wirkt er eher wie ein Pferdeartist aus dem Provinzzirkus. Er ist mit sich mehr als zufrieden. Bei jeder Gelegenheit holt er aus der Tasche einen Spiegel und zieht den Scheitel: *Hat sich aufgedonnert* … Ich frage ihn:

– Konntest du es eintauschen?

– Na freilich, Herr Oberst.

– Und wie viel?

– Zweitausendfünfhundert Pfund.

Er erzählt vom Moskauer Lotterleben. Die *Banditen* umringen ihn von allen Seiten. Sie hängen regelrecht an seinen Lippen. In den Baumwipfeln zeigt sich das Gold der Abendsonne. Unten dämmert es. In Scharen summen die Mücken.

– Na ja, sind halt Leute. Gewöhnliche Leute. Und leben wie halt Leute so leben. Spielen Roulette, schlürfen Markenliköre, chauffieren die Mädels in einem Rolls Royce. Überall: *Schmiedebrücke*. Du gehst aus, so gegen vier Uhr nachts – volles Haus: Traber, Mätressen, Schieber, Kommissare … Haargenau wie vorm Krieg zur Zarenzeit. Von wegen die Macht des Proletariats … Von der Kommune keine Spur. Da könnt ihr mal sehen – das Gesocks macht sich. Tja, die lassen es sich eben gut gehen! … Und wir Waldschrate suchen hier Pilze … Pfui! …

Jegorow runzelt die ergrauten Brauen:

– Hüte deine Zunge, Fedja. Und führe uns nicht in Versuchung.

– Wieso? Willst auf einmal nach Moskau, wie?

– Weiche von mir, Satan … Lässt sich mit dem Teufel auf Spielchen ein …

Fedja lacht. Es lacht der fingerlose Mokejitsch, es lacht der jüngst ausgepeitschte Kapljuga, es lachen Senka und Chwedoschtschenja und all diese grünen Waldbrüder. Alle sind sie froh. Alle sind sie neidisch. Neidisch, weil sich das *Gesocks* – irgendwo, weit, weit weg, im fernen Moskau, *macht* und *gut gehen lässt.*

Schlürfen Markenliköre … Chauffieren die Mädels … Und ich frage mich: Sind wir tatsächlich der Same und nicht vielmehr der bloße Dünger?

28. Juli

Iwan Lukitsch ist unser Kassenwart. Heute hat er die Pfund gezählt und stellt düster fest:

– Diese Mistkerle … Vor denen ist auch gar nichts sicher.

– Wie viel fehlt denn?

– Dreihundertfünfzig Pfund.

Der Dieb im eigenen Haus ist der schlimmste Dieb. Ich befehle dem *Haufen* anzutreten. Die *Banditen* stellen sich auf, in drei Reihen, auf der Wiese, beim Akulka-Ahorn, dort, wo man Sinizyn brennen ließ. Es nieselt ein wenig.

– Stillgestanden!

Ganz nach Soldatenart richten sie ihre Augen nach rechts und verharren in Erwartungshaltung. Ich sage:

– Nachts wurde Geld entwendet. Wer das war, soll vortreten.

In der letzten Reihe erhebt sich ein Geraune. Ich höre, wie Kapljuga halblaut murrt:

– Wem ist denn das Geld? Doch wohl uns oder nicht? … Also beim Angriff, da heißt es: *Los, mir nach!* Und wenn's ums Teilen geht: *Was willst denn du?* … Ist doch so, Genossen, oder etwa nicht?

Kapljuga ist ein Ex-Matrose. Aber er ist nicht *der Stolz der Revolution*, sondern ein Säufer, ein Spitzbube, ein Dieb. Ich habe ihn in Bobrujsk gefangengenommen.

– Kapljuga.

Er antwortet nicht und versteckt sich hinter den Rücken der anderen. Ich wiederhole:

– Kapljuga.

Langsam und unwillig tritt er aus der Reihe. Die Hände in den Taschen, das Mützchen im Nacken. Er torkelt ein wenig. Er ist betrunken.

– Mütze ab!

– Wieso denn das? Kann auch so stehen. Sind doch nicht in der Kirche, mein' ich …

Ich schlage ihn voller Wucht ins Gesicht.

– Mund halten! Hast du es gestohlen?

Er wischt das Blut mit dem Ärmel ab und murmelt:

– Gestohlen? … Von wegen gestohlen … Hab' einfach genommen, was mir gehört … Herr Oberst …

– Was dir gehört?

– Jawohl, mir …

– Aufhängen.

Jegorow und Fedja nähern sich ihm. Und immer noch nieselt der lästige Regen.

29. Juli

Mich zermürbt die Waldeseinsamkeit. Ich bin im Gefängnis. Das ist kein Geäst, sondern ein bemustertes Gitter. Kein Knistern der Blätter, doch Kettengerassel. Kein Lager, nur vier Kerkerwände. Der Kreidekreis kann nicht durchbrochen werden – immerzu Fedja, Jegorow, Wrede. Der geschlossene Ring bleibt fest verschweißt – die Peitsche, der Galgen, das Erschießen … *Die Schmach bricht mir mein Herz und kränkt mich. Ich warte, ob es jemand jammere, aber da ist niemand, und auf Tröster, aber ich finde keine …* Wo ist Olga? Was ist mit ihr?

30. Juli

Kommt, ihr Mädels, tretet vor,
denn ich fand im Feld ein Rohr –
ist gemacht aus nackter Haut,
hat den Hafer abgekaut …

Fedja liegt im Gras und probiert eine Harmonika aus. Er trägt Breeches und feine Offiziersstiefel.

– Fedja.

Er springt auf.

– Zu Befehl, Herr Oberst.

– Haben die sich beruhigt?

– Na was denn sonst? … Könnte man außerdem noch Titow und Chwedoschtschenko eine kräftige Abreibung verpassen, dann wären sie jetzt alle eine Spur schlauer …

– Stehlen die auch?

– Negativ, Herr Oberst. Nein, einfach so … Für alle Fälle …

Er streichelt Kaschtanka. Kaschtanka versucht, ihm spielend in den Finger zu beißen. Fedja lacht:

– Na, du kleines zahnloses Schnuckelchen … Nein, Herr Oberst, unsereins verdient es nicht anders. Muss erzogen werden. Sind halt ein leicht benebeltes Volk … Traumtänzerei und Nabelschau …

31. Juli

Wrede und Iwan Lukitsch haben sich ausgesöhnt. Sie führen keine Streitgespräche mehr: Jeder von ihnen glaubt sich im Recht. Aber Iwan Lukitsch ist ein *Witzbold,* um einen Ausdruck Fedjas zu benutzen. Beim Mittagessen stellt er fest:

– Demnach sind Hochwohlgeboren ein Fachmann?

– Ich? Ein Fachmann? Auf welchem Gebiet?

– Auf dem Damengebiet.

Wrede wird rot.

– Was wollen Sie damit andeuten?

– Na, diese Gruscha … Im rosa Hemdchen … Diese kleine Jeanne d'Arc von Stolbzy … *Man erkennt die Rassepferde* … Sagt schon unser Dichter, Alexander Puschkin.

Wrede lässt die Augen auf den Teller sinken. Er tut mir leid. Ich habe schon bemerkt, dass ihm Gruscha gefällt. Aber er ist schüchtern. Er wagt es nicht, sich ihr zu nähern. Was soll er ihr sagen und auf welche Weise? Er ist doch einer von den Herrschaften … Vielleicht hält er sie ja wirklich für eine Art Jeanne d'Arc?

Fedja bringt Tee auf einem Tablett. Das Tablett ist aus altem geschwärztem Silber. Der nicht mehr unter uns weilende Kapljuga hat es sich in einer Sowchose *erschwungen.* Iwan Lukitsch redet weiter:

– Vielleicht sollten Sie ihr mit Pralinés aufwarten? Mit sehr süßen und sehr, sehr vornehmen, von Abrikossow oder Siou. Oder vielleicht mit einem Parfum von Brocard … Vielleicht stellen Sie sich dabei vor, sie ist überhaupt keine Bäuerin, sondern eine erlauchte Fürstin oder doch zumindest eine Generalstochter …

– Agrafena Stepanowna? –, kneift Fedja sein einziges Auge zusammen. – Also wenn man die ordentlich kleidet, dann kann ihr keine Fürstin das Wasser reichen. Die nimmt es doch mit jeder Schönheit auf … Von wegen Bäuerin, eine Blumenknospe, Herr Leutnant.

Agrafena Stepanowna … Gruscha … Zwar liebe ich sie nicht, doch werde ich sie auch auf gar keinen Fall mit jemandem teilen.

1. August

Gruscha kommt nachts zu mir geschlichen. Sie drückt sich an mich und flüstert innig:

– Gott sei Dank, du hast sie vernichtet, die Höllenbiester. Aber ein wenig ist mir schon bang: Sie kommen doch wieder …

Und ob sie wiederkommen. Sie legen Stolbzy in Schutt und Asche, dass nicht ein Stein auf dem anderen bleibt. Die Vergeltungskommandos werden mit jedem fertig. Schon räumen Kirgisen in Duchowschtschina auf. Schon sind chinesische Erschießungskommandos unterhalb von Moschary zugange. Schon nimmt die Tscheka in Sytschowka ihre *Arbeit* auf. Also was tun?

– Bring mich weg von hier, um Christi willen, nimm mich mit dir …

– Wohin?

– Wohin du willst … Nach Moskau.

Schon wieder Moskau. Und schon wieder nicht der leiseste Hauch von Verlegenheit. Schon wieder nicht der geringste Zweifel an den eigenen, sprich, meinen Kräften. Doch plötzlich verdunkelt sich ihr Gesicht:

– Und diese deine … Dame … Wo lebt die denn? …

– In Moskau.

– In Moskau …

Sie weint. Weibliche Tränen rinnen in Strömen.

Es ödet mich an. Ich sage:

– Gruscha, und was ist mit Wrede?

– Mit dem kleinen Offizier? Diesem Reichensöhnchen? … Davon gibt's doch genug. Kleben an einem wie die Fliegen am Honig. Suchen Zerstreuung, die jungen Pferdchen …

Ich weiß, sie ist ganz und gar bei mir. Doch was kann ich schon tun? Bereits morgen ist Gruscha, bin ich vielleicht nicht mehr da … Ich küsse sie. Sie riecht nach Heu.

2. August

Iwan Lukitsch ist Massenware. Solche wie er werden in Russland tagtäglich am Fließband hergestellt. Aber er ist nicht unserer Prägung. Wir wuchsen auf im Gewächshausklima, im Gefängnis oder im *Kirschgarten*. Bücher waren für uns Offenbarungen. Wir lasen Nietzsche, aber wussten nichts von Winter- oder Sommergetreide. Wir wollten das russische Volk *erretten,* aber kannten es nur in der Gestalt der Wanjkas, der Moskauer Kutscher. Wir planten eine Revolution, aber ekelten uns vor Blut. Wir waren Adlige, Freunde des Volkes unter den Hochwohlgeborenen. Wir wurden von Neuen abgelöst. Die aber *träumen* allein von sich selbst.

Es ist Abend. Eine Wachskerze brennt. Iwan Lukitsch übernachtet heute im Zelt. Er gähnt und sagt:

– Ich kaufe mir einen Bauernhof, werde holländische Kühe züchten, Flachs anbauen ... Eine reiche Frau heiraten.

– Ja, aber erst wird man aus Ihnen Wurst machen ...

– Keine Sorge. Ich weiß schon, wie man die anpackt ... Warum habe ich mich von denen getrennt? Ganz einfach. Mir ist alles eins: Das Volkskommissariat, die Räte, die Konstituierende Versammlung, die können von mir aus zum Kuckuck fahren ... Arbeiten will ich. Verstehen Sie? Arbeiten! Für mich – nicht zum Wohle der Herrschaften oder für die alberne Versozialisation. In einer Kommune ist das gar nicht möglich. – Pauke nur schön brav deine Broschüren ein, sing fröhlich dein *Auf zum letzten Gefecht* und schmiere die lieben Herren

Genossen. Wenn der Bauer an die Macht kommt, dann wird er auch für Ordnung sorgen. Ich brauche Ordnung: Ich bin für Eigentum. Wo Eigentum ist, da ist auch Gesetz.

– Dann sind Sie also ein Eigentümer?

– Nein. Aber ich werde einer sein … Gute Nacht. Angenehme Träume.

Er löscht die Kerze und dreht sich zur Zeltwand. Er braucht Ordnung. Darum ist er *Bandit*. Er ist für Eigentum. Darum war er Kommunist … Und Russland? Russland ist nur ein *Schnörkel* … Bin ich nicht viel reicher, viel glücklicher als er?

3. August

Ich gehe auf einem Pfad zwischen den Feldern. Noch ist der Roggen nicht gemäht, noch erglühen die roten Mohnblüten und in den Bernsteinähren verstecken sich die blauen Sterne der Kornblumen. Es ist Mittag. Der Wermut riecht bittersüß.

Vor Moschary biege ich ab – auf die große Straße. Dort ist ein Bauernhof. Da lebt mein Verbindungsmann, ein alter Bekannter, der Kaufmann Ilja Korabljow.

Leer die Gärten. Leer die Ställe. Leer der große gefegte Hof. Nur im Teich plantschen die Enten. Auf dem Zaun sitzt ein zehnjähriger Knabe. Er lässt seine nackten schwarz gebräunten Beine baumeln.

– Grüß dich, Wolodja … Erkennst du mich nicht?

– Geh schon.

Geh schon … Ich mag Kinder, ich mag auch Wolodja. Jedes Mal rannte er mir entgegen und erzählte mir von dem, was ihn so beschäftigte. Von Döbeln, von Kuckucksnestern, von Ratten, von der trächtigen Stute Fekluscha. Aber heute ist er düster gestimmt. Er schaut mürrisch drein, wie ein kleiner Wolf.

– Ist dein Vater zu Hause?

Sein Blick verfinstert sich, und er schweigt.

– Dein Vater, wo ist er?

– Nicht mehr da … Haben ihn getötet. Sind gekommen und haben ihn getötet.

– Wer war das? Wer hat ihn getötet?

– Was stehst du rum? Ich sagte doch: Geh schon …

– Und deine Mutter?

Es zucken die roten Lippen. Er winkt ab mit dem dünnen gebräunten Ärmchen.

– Mutter? … Haben die … mitgenommen …

– Wie, und jetzt bist du ganz allein?

– Ich und der Hund … Na los, geh schon … Bist aber schwer von Verstand … Sonst bringen die mich auch noch um.

Langsam kehre ich ins Lager zurück.

4. August

Iwan Lukitsch kommt vom Auskundschaften zurück. Er berichtet:

– Ich gehe also vor mich hin. An der Salopichinski-Quelle steht ein Wachposten, ein Milizmann. Ich komme näher. Wir rauchen zusammen, plaudern ein wenig. Dies und das, und wo kommst du her, und was machst du so? Ich sage nur: *Ich bin Kommunist* und zeige ihm auch gleich meine Papiere. Schon sprudelt er los: *Bin auch Kommunist. Hab jede Menge Weiße kaltgemacht, ja, das kannst du mir glauben ... An der sibirischen Front, bei Omsk ... Und jetzt jag ich die Grünen. Hier bei uns ist jetzt so eine Bande am Werk. Keine Sorge, die kriegen wir alle noch. Die werden hübsch singen – im Tscheka-Gefängnis.* Ich höre eine Weile zu und sage: *Ein guter Mann, alle Achtung,* sage ich ... Und ziehe den Revolver und halte ihm den gegen das Ohr. Er kann es nicht glauben: *Was sollen die dummen Scherze, Genosse ... – Was denn für Scherze? ... Hoch mit den Pfoten, braver Junge ...* Selbst das Haar unter seiner Mütze erwacht zum Leben. – Hier seine Uhr und das Parteibuch.

Fedja begutachtet die Uhr. Es ist eine goldene Uhr mit Schlagwerk. Er dreht den Zeiger auf *Gong:*

– Drei, vier, fünf, sechs ... Sechs Uhr. Also das ist ja raffiniert ... Soll ich den Samowar aufsetzen? ...

Wenn ich in die Küche geh,
mach ich guten, warmen Tee,

ritsche-ratsch, ratsche-ritsch,
für Iwan Lukitsch …

Glückwunsch zum guten Fang, Herr Cornett.

5. August

Du sollst nicht töten … Und wieder einmal erinnere ich mich an diese Worte. Wer hat sie gesprochen und wofür? … Was brauchen all die schwachen Gemüter solche wirklichkeitsfernen Gebote? Nun gut, *wir wandelten in Bosheit und Neid, waren verhasst und hassten uns untereinander*. Aber es waren ja auch nicht wir, die das Buch aufgetan haben, welches *beschrieben inwendig und auswendig*. Aber es waren ja auch nicht wir, die gesprochen haben: *Komm!* … Das eine Pferd ist weiß, und dem Reiter sind gegeben ein Bogen und eine Krone. Und das andere Pferd ist rot, und der Reiter trägt ein Schwert. Und das dritte Pferd ist fahl, und der Reiter heißt Tod. Und das vierte Pferd ist schwarz, und der Reiter hält eine Waage in der Hand. Und ich vernehme, und viele vernehmen: *Herr, du Heiliger und Wahrhaftiger, wie lange richtest du nicht und rächest unser Blut an denen, die auf der Erde wohnen?*

6. August

Die Linden blühen. Die Erde ist mit fahlgelben duftenden Blättern besprenkelt. Der Wald leidet unter der Schwüle, atmet den Hauch von Erdbeeren und Honig. Ohne Eile pfeift sein Lied der Wiedehopf, ohne Eile picken in der Fichtenrinde die Kleiber, und hell schreit in den tauenden Wolken der unsichtbare Habicht. Tagsüber sorgenloses Leben, nachts der Tod. Nachts regt sich unbemerkt das Gras, und die Äste des Nussbaums rascheln. Etwas Klägliches piepst … Ein ersterbendes Piepsen. Und ich weiß: Im Wald wurde wieder gemordet.

7. August

Wrede sagt mir:

– Nein, Juri Nikolajewitsch, das kann es nicht sein …

– Wovon reden Sie, Wrede?

– Ich rede von uns, von den Grünen … Meinetwegen sind die Weißen auf verlorenem Posten. Aber ich habe doch die Weißen verlassen … Ich dachte, hier im Wald ist es besser …

– Hier im Wald ist es auch besser.

– Besser? … Aber schauen Sie sich diese Grünen, diese Bauern mal an: Sind die nicht alle unterbelichtet? … *Schnieker Zwirn* und der Antichrist und der Prophet Elias und die Scheiterhaufen … Und im Grunde ein einziges *Nach mir die Sintflut* …

– Sind Sie jetzt etwa für die Roten? …

Seine Wangen leuchten.

– Für die Roten? … Wie können Sie bloß so etwas sagen? Ich will ein ehrliches Leben, ich will einen offenen Kampf. Ich bin Offizier. Ich bin doch kein Räuber und kein Bandit … Also meinetwegen: Wir siegen, der Bauer siegt … Und was weiter? Etwa das Reich der Bauern?

– Das Reich der Bauern.

– Und was ist mit uns?

Ich muss schmunzeln:

– Also was wollen Sie, Wrede?

Er denkt nach. Dann antwortet er langsam:

– Was ich will? … Was ich will? … Ich will, dass Mokejitschs ihre Finger behalten und dass Wolodjas keine Waisenkinder sind. Ich will, dass Kapljugas nicht stehlen. Ich will keinen *Rotschopf* und keinen *Struppigen,* keinen Kriegskommissar, keinen Provokateur, keine Tscheka ... Ich will ...

Ich unterbreche ihn:

– Sie wollen das Paradies auf Erden ...

Im Wald ist sein Gesicht gröber geworden. Doch ist er immer noch derselbe zarte, ein wenig mädchenhafte Knabe. Er kann das *Böse* nicht hinnehmen ... Er weiß nichts von dem vierten, dem schwarzen Pferd ... Er fragt erbebend:

– Wofür kämpfen wir? Klären Sie mich auf.

Und ich sage:

– Für Russland.

8. August

Stepan Jegorowitsch, Gruschas Vater, kommt in der Nacht ins Lager geschlichen. Ich kann ihn nur mit Mühe wiedererkennen: Aus seinem Bart sind ganze Büschel herausgerissen, ein Auge ist geschwollen, das andere blutet. Fedja betrachtet ihn und sagt:

– Verstehe. Die traktieren die Fresse, als sei's eine Trommel … Also wirklich, was sind das für Menschen? Was sind das für Widerlinge? Tragen ja kein Kreuz …

Stepan Jegorowitsch seufzt:

– Tja, Verehrtester, alle haben die mitgenommen, und so alte Leute wie mich haben die mit der Peitsche verdroschen … *Das Dorf,* sagen die, *fackeln wir ab, dass keine Erinnerung daran bleibt. Ihr Alten könnt machen, was ihr wollt. Könnt von mir aus vor die Hunde gehn* und *verrecken* … Gruscha wehrt sich. Packt eine Axt: *Ich mach euch platt!* … Doch es kam anders: Die haben sich auf sie gestürzt, haben sie gefesselt und mitgenommen. Hilf uns, hilf uns … Was sollen wir tun? Muttergottes, himmlische Gnadenfürstin, Barbara, heilige Märtyrerin …

Ich habe aus all dem nur eines verstanden: Gruscha wurde gefangen genommen. Ich frage:

– Wo hat man sie hingebracht? Nach Rschew?

– Jawohl, Verehrtester, nach Rschew, nach Rschew … Über Subowo und Sytschowka …

Ich sage zu Fedja:

– Los, satteln.

Er läuft zu den angebundenen Pferden. Ich warte. Mir ist kalt. Meine Hände zittern.

9. August

Ich durchquere die Wsmostja zu Pferd und reite, ohne auf den Weg zu achten, geradewegs nach Sytschowka. Über Waldpfade, über Hügel, über gemähte Felder. Die Zweige versengen mir das Gesicht, das Laub rauscht mir in den Ohren. Das schäumende Pferd schnaubt schon – ich erinnere mich an Golubka. Ich peitsche es bis zur Erschöpfung, ich zerschinde ihm mit den Sporen die wunden Seiten. Es taumelt, als sich in der Ferne Sytschowka zeigt. Zu spät. In Sytschowka fehlt von Gruscha jede Spur.

10. August

Fedja war in Rschew. Er hat in Erfahrung gebracht, dass Gruscha von der Tscheka festgehalten wird. Sie wurde verhört und hat nichts verraten. Ihr wird bereits Moskau und *Kork* angedroht. Ich weiß sehr wohl, was *Kork* bedeutet. Die Wände, der Boden, die Zimmerdecke sind mit Korkplatten ausgelegt. Es gibt keine Luft, das Atmen fällt schwer. Man verliert allmählich den Verstand und den Willen ... Die Chinesen foltern mit Hilfe einer Ratte. Eine lebende Ratte wird in einen Topf gesetzt. Der Topf wird dem Häftling auf den Bauch gebunden. Die Ratte sucht nach einem Ausgang – beißt sich zunächst durch die Haut, durch die Därme, dann durch den Rücken, bis sie schließlich den Menschen vollständig von innen zerfrisst ... Dagegen ist unser Scheiterhaufen ein Kinderspiel ...

Ich kann nicht schlafen. In den Fichten zirpen die Grashüpfer. Ihr Gezirp, heiß und trocken, lässt mir keine Ruhe. Ich sehe Gruscha, ihre aufgerichtete weiße Brust. Es riecht nach Heu ... Jegorow hat die Wiese gemäht, und neben dem Zelt stehen jetzt frische, taubesprengte Garben. *Ach, Gottchen, sterben wir jetzt wie die Fliegen?* Aber nein, sie wird nicht sterben. Nur diejenigen, die sie gefesselt haben. Sie werden sterben, die Höllenbiester ... Wrede ruft im Dunkeln nach mir:

– Juri Nikolajewitsch, was machen wir jetzt?

– Wie, was machen wir jetzt? ... Wir gehen nach Rschew.

– Aber wir sind doch nur dreißig Mann ...

– Wenn Sie Angst haben, bleiben Sie im Wald, Wrede.

Er schweigt. Warum musste ich ihn beleidigen? Schließlich weiß ich: Er wird der Erste sein, der für Gruscha in Rschew einmarschiert.

11. August

Gruscha ist fort ... Abends höre ich ihre Schritte nicht, morgens vermisse ich ihr Lächeln. Ich bin nicht im Gefängnis, ich bin in der Wüste. Niemand nennt mich mehr *Täubchen* und *Spätzelein* ... Niemand lacht mehr mit fröhlicher Stimme. Niemand weint mehr. Rings nur stumme und finstere Nacht – ein Tier *mit hundert schwarzen Augen*.

12. August

– Du, Fedja, sprengst die Gschat-Brücke. Sie, Wrede marschieren in Rschew ein, und zwar von Osten her, über die Moskauer Straße. Ich komme aus Sytschowka von Süden her. Ich kümmere mich um die Tscheka, Sie um das Exekutivkomitee. Wir treffen uns an der Kommandantur. Die Garnison ist nicht sonderlich groß: Die Roten sind nach Kaluga gegangen und suchen uns um Meschtschowsk herum. Iwan Lukitsch und Jegorow kommen mit mir. Die Zeit – es ist jetzt drei Uhr nachts.

Soweit meine Strategie. Oder besser gesagt: Der reinste Irrsinn. So hätte Oberst Meier darüber gedacht. So ähnlich dürfte auch Wrede denken. Ich sage: Die Garnison ist nicht sonderlich groß, was in dem Fall an die dreihundert Mann bedeutet. Es ist mir egal, weil Gruscha fort ist, und außerdem weil es heißt: *Ihr sollt euren Feinden nachjagen und sie ergreifen, und nicht umkehren, bis ihr sie umgebracht habt.*

13. August

Wir haben Rschew eingenommen. Eingenommen in der Morgendämmerung, als die grellrote Sonne aufging und am Stadtrand in der Nikolauskirche bereits zur Frühmesse geläutet wurde. Mokejitsch ist tot, Titow ist tot, Chwedoschtschenja ist tot, zwölf *Banditen* verwundet. Aber die Stadt ist in unseren Händen. Wir sind Kalifen für eine Stunde. Wo ist Gruscha?

14. August

Gruscha ist fort ... Ich fand sie weder bei der Tscheka noch im Kreisgefängnis noch in der Kaserne. Gruscha ist fort ... Wofür habe ich dann mein *Banditenpack* geopfert? Wofür haben wir Rschew eingenommen?

Wrede berichtet, dass die Roten angreifen. Aus Moskau kommen drei Divisionen ... Drei Divisionen ... Also gut. Wir rücken ab. Also gut. Wir rücken ab ohne Gruscha. Ich rufe Fedja:

– Fedja, wie viele Laternen sind auf dem Platz?

– Habe ich nicht gezählt, Herr Oberst.

– Dann zähl sie. Und häng mir an jeden Laternenpfahl einen. Hast du mich verstanden?

– Jawohl, Herr Oberst.

15. August

Ich sage nur: *Rette sich, wer kann,* schon gibt es kein *Banditenpack* mehr. Es ist keiner mehr da. Nur noch einzelne unbewaffnete Männer. Sie verteilen sich in den umliegenden Wäldern. Gegen wen wollen die Roten noch kämpfen?

Ich verlasse Rschew hoch zu Ross. Was habe ich erreicht? … Und wieder diese gewohnte jahrhunderteschwere Erschöpfung. Nein, schlimmer. Hinter mir das verlassene Lager und vor mir … Was bleibt vor mir denn noch zu hoffen? Die Dörfer rings flammen lichterloh, die Peitsche saust, die Maschinengewehre rattern. Das selbstmörderische Gemetzel findet kein Ende. Russland hat reichlich Tränen vergossen, und das große Volk ist dahin.

Es wird Abend. Rot entflammt die Dämmerung und erlischt. Vor dem klaren blassgrünen Himmel ragen empor neun schwarze Pfähle. Neun hängende Körper. Alle ohne Mützen, in Unterwäsche. Alle mit offenen blinden Augen. Und alle baumeln sie im Wind.

Für Moskau. Für Stolbzy. Für Gruscha.

III

3. Februar

Ich gehe ans Telefon.

– 170 03 …

… …..

– Hallo! 170 03? Herrn Kowaljow bitte.

… …..

– Hallo! Bist du das, Fedja?

– Jawohl, Herr Oberst.

– Vorsicht. Was bin ich denn jetzt noch für ein Oberst?

Ich höre ihn lachen.

– Wen Gott verschont, den fressen die Schweine nicht … Ach, ich pfeif doch auf die …

– Und, wie sieht es aus?

– Kunzewo. Drittes Abstellgleis.

– Gut … Und wie geht es dir?

– Wie es mir geht? Werde bald für meinen außerordentlichen Fleiß zum Kommissar befördert … Hab gestern eine Hausdurchsuchung durchgeführt. Wollte einen Saboteur schnappen, einen Weißgardisten. Ist mir entwischt, der Hurensohn …

Ich lege auf. Der Zug ist also in Kunzewo. Wir sind auch *Saboteure* und *Weißgardisten.* Wir lassen ihn diese Woche hochgehen.

4. Februar

Fedja heißt jetzt nicht mehr Moschenkin, sondern Kowaljow. Er ist Mitarbeiter der We-Tscheka. Jegorow heißt nicht mehr Jegorow, sondern Lorionow. Er arbeitet als Wächter beim *Volkskommissariat für Gesundheitswesen*. Wrede heißt nicht mehr Wrede, sondern Laso. Er dient in der Roten Armee und befehligt dort eine Schwadron. Alle drei haben gefälschte, oder, genauer gesagt, *tote* Papiere – Papiere von Gefallenen. Alle drei sind Parteimitglieder und *überzeugte Kommunisten*. Iwan Lukitsch ist ein *Spekulant*, er lebt unter dem eigenen Namen und hält die Verbindung zum *Komitee*. Ich – ein Namenloser und Unsichtbarer – verstecke mich bei verschiedenen Leuten. Diese setzen natürlich ihr Leben aufs Spiel.

Ich bin in Moskau. Das Unmögliche wurde möglich …

Ich kann von mir sagen: *Tag und Nacht habe ich zugebracht in der Tiefe des Meers, ich bin oft gereist, ich bin in Gefahr gewesen durch die Flüsse, in Gefahr durch die Mörder, in Gefahr in den Städten, in Gefahr in der Wüste, in Gefahr auf dem Meer, in Mühe und Arbeit, in viel Wachen, in Hunger und Durst, in viel Fasten, in Frost und Blöße.*

Wo bin ich jetzt? Etwa wieder in der *Tiefe des Meeres?*

5. Februar

Wie oft hab ich auf meinen Wegen,
getrennt von dir, an dich gedacht,
wie hast du Heimweh mir gemacht,
mein liebes Moskau …

Aber heute … Wo finde ich das geliebte Moskau? Heute ist mir alles fremd. Auf den Plätzen die neuen *Staatsmonumente.* Auf den Ladenschildern für das russische Ohr verletzende Wörter. Ein Denkmal für Marx. Mein Gott, für Marx! … Und gleich daneben *Vokogewe … Proletkult … Moskbeheizkom … Vokoern …* Ich gehe über den Arbat. Die Wintersonne scheint, der Schnee knirscht unter den Sohlen. Dieselben Pappeln, dieselben Birken und dieselben verträumten Villen. Derselbe schlichte Moskauer Alltag. Doch schon dröhnt und dampft ein Automobil. Ein Geratter, ein freches Gepfiff. Und vorbei sausen die *Herren dieser Welt.* Wie sagte Fedja: *Das Gesocks macht sich!* … Ich lasse meine Augen sinken. Ich will sie nicht sehen, ich kann sie nicht sehen.

Olga lebte früher am Zwetnoi Boulevard. Ich betrete den breiten Hof und steige hinauf in den dritten Stock. Die Tür öffnet ein echter *Genosse* in Lederjacke und mit kräftigen Kiefern: *Nix da … So eine wohnt hier nicht …* Nachdem die Tür wieder ins Schloss fällt, stehe ich noch lange im Stiegenhaus. Es wird dunkel. Unten, bei der Hausverwaltung, im einstigen Pförtnerkämmerlein, wird laut geflucht.

6. Februar

Mein Zimmer besteht aus nackten Wänden und einem Tisch mit schmutziger Decke. Auf dem Tisch ein ungeputzter Samowar. Hinter dem Samowar sitzt Jegorow. Er trinkt Tee. Er trinkt ihn nach Bauernsitte – aus der Untertasse, am Kandisstück beißend und selbstverständlich aus eigenem Geschirr. Er trägt es stets bei sich in der Tasche.

– Wie trinkst denn du beim *Vokogewe?* Religion ist doch *Opium für das Volk …*

– Wie ich trinke? Streng nach den Geboten … Eins von diesen Höllenbiestern hat ja versucht, mir dumm zu kommen: *Und so einer will Kommunist sein? Hast ja gar kein proletarisches Bewusstsein. Es gibt keinen Gott. Den haben sich die Pfaffen ausgedacht …* Da musste ich den ein klein wenig belehren: *Lass die Kommune Kommune sein, aber lass mir gefälligst Gott aus dem Spiel. Sonst ziehe ich dir nämlich die Ohren lang …* Nein, Herr Oberst, es ist gar nicht meine Art, vor ihnen zu kuschen. Noch steht mir das Wasser ja nicht bis zum Hals … Aber diese Sünde, diese Sünde …

– Was denn für eine Sünde, Jegorow?

– Was für eine Sünde? Sich den lieben langen Tag unter Höllenbiestern aufhalten. Höllenbiesterreden hören. Höllenbiestern zu Diensten sein. Ehe du dichs versiehst, wirst noch selber so ein Höllenbiest …

Die Hausherrin Pelageja Petrowna trägt den leeren Samowar hinaus. Ihr Gesicht ist hager und von grünlichem Teint.

Ihr Mann, ein Mechaniker, arbeitet in einer Fabrik – *von wegen Fabrik, ein zaristisches Arbeitslager* – sagt sie. Jegorow blickt sie scheel an:

– Ist die etwa auch von den Höllenbiestern?

– Nein, sie ist eine von uns ... Hör zu, Jegorow ...

– Ich höre, Herr Oberst.

– In Kunzewo, drittes Abstellgleis, steht ein Zug. Mit Munition für die Moskauer Garnison. Morgen hast du keinen Dienst. Du lässt ihn hochgehen, um die Mittagszeit.

Er schüttelt zufrieden den langen Bart:

– Also das klingt vernünftig, na, Gott sei Dank.

Und dann sagt er militärisch exakt:

– Jawohl, wird gemacht, Herr Oberst.

7. Februar

Kunzewo. Ein frostiger Morgen. Glitzernder Schnee blendet die Augen. Rechts der Park, flauschige Tannenpyramiden – *Bierflaschen,* wie unser *Künstler* Fedja es ausdrücken würde. Links die Station – lauter Schienen. Drittes Abstellgleis.

Es ist fünf vor eins. Ich warte ... Da sehe ich: Im vierten Wagen blitzt ein Funke auf. Er blitzt auf und erlischt sofort. Doch dann ist plötzlich eine Flamme entfacht. Schon werden Späne hinaufgewirbelt und dem Wagen entschwirrt ein Feuerschwall. Er schießt hoch zum Himmel, eine Riesenfontäne, und zergeht zu einem länglichen glutgelben Ring. Dieser Ring erstarrt. Er schwebt über dem Wald – ein zorniges, allsehendes Auge.

Die Splitter sausen ... Ich versuche erst gar nicht fortzugehen. Die Füße wachsen fest in den frostigen Grund. Ich warte auf das Ende. Auf die letzte Explosion. Warum? Ich weiß es nicht ... Ich will, aber kann es nicht in Worte fassen.

8. Februar

Mein Fenster geht zum Hof hinaus. Die Kulisse – ein Haufen Abfall und Eiszapfen am Abflussrohr. Zwielicht sogar um die Mittagszeit. Übler Gestank sogar bei Frost. Und das soll bitteschön Moskau sein?

Von fern, im Wald, während des Feldzugs strahlte mir Moskau als heller Leitstern. Nun gut, jetzt bin ich da, in Moskau. Rauschendes Fest? Nein, grauer Alltag. Alltag – der Morgensamowar, Alltag – die graue Pelageja Petrowna, Alltag – die Pretschistenka, der Arbat. Ohne den *erhebenden Betrug* ist das Leben schwer. Noch schwerer der Kampf. Gruscha kämpfte für das Leben. Wofür kämpfe ich?

Ich glaube nicht an all die *Programme* und natürlich glaube ich an keinen *Führer.* Auch ich kämpfe für das Leben, für das Recht, auf der Erde zu leben ... Ich kämpfe wie ein Tier – mit meinen Krallen, mit meinen Zähnen, mit meinem Blut ... Ich sagte: *Auf der Erde.* Das ist nicht wahr. Nicht auf der Erde, sondern in Russland, nur in Russland. Von mir aus der Alltag. Von mir aus der Abfall. Von mir aus das Zwielicht. Aber es ist mir traut und lieb. Wie auch Olga mir traut und lieb ist.

9. Februar

Wir sitzen am Strastnoj-Boulevard. Dämmerung. In den Gassen der Wind. Die Laternen gehen an. Fedja spuckt aus:

– Und ich, Herr Oberst, hab einen Genossen kaltgemacht.

– Was sagst du, Fedja? Hier in Moskau? …

– Jawohl. Hier in Moskau. Meinen Chef, sein Name war Sobol.

– Und wann?

– Heute Nacht. Hab erfahren, er wohnt auf dem Jungfernfeld. Also warte ich am Tor wie ein Straßenräuber. Kein Mensch da. Nicht eine Seele. Endlich sehe ich, da kommt er angewatschelt. Ich reiß ihm die Mütze vom Kopf und wisch ihm von hinten mit dem Revolver eins über die Rübe. Er sinkt in die Knie. Schon zieh ich ihm den Pelzmantel aus, er glotzt mich an und nuschelt nur: *Kowaljow … Kowaljow …* Damit meint er wohl mich. Also leg ich ihn um.

– Und raubst ihn aus?

– Na ja, ich hab ja nix zu verschenken … Und morgens beim Dienst ein Riesenskandal: *Genosse Sobol tot aufgefunden … Ein Raubmord.* Ich wag mal, vorsichtig dazwischenzufragen: *Genossen, und wenn es die Weißen waren?* – Tja, von wegen … Wenn's nämlich die Weißen waren, dann hätten wir alle jetzt ein Problem: Dann wäre es nämlich Fahrlässigkeit. Und dann noch diese Explosion … Kurzum: Alle Hände voll zu tun. Hab mit Müh und Not heute freibekommen. Erst wollten die mich gar nicht gehen lassen … Den Mörder sollte ich fangen helfen.

Er grinst. Auch hier spielt er Akulka und, versteht sich, ohne Verlust. Oh dieses kindlich reine Gemüt!

10. Februar

Heute ist mein Geburtstag. Natürlich habe ich ihn ganz vergessen. Nicht so Fedja: Er denkt daran und schenkt mir ein selbstgemaltes *Kunstwerk*. Auf dem *Kunstwerk* ist ein farbiger Strauß. Um die Blumen schlängelt sich ein rosa Band. Auf dem Band sind folgende Verslein zu lesen:

Die Banditen gratulieren!
Sie sind Russlands großer Sohn,
unser väterlichen Führer –
Höllenbiester zittern schon.

Unter den Verslein steht in kalligraphischer Schrift Olgas Adresse: Moltschanowski 9. Fedja hat sie über die We-Tscheka … Ich bin glücklich. Olga ist wiedergefunden.

– Danke, Fedja … Aber warum, um alles in der Welt, bin ich *Russlands großer Sohn?*

– Weil Sie in Bobrujsk und in Rschew wahrlich Großes geleistet haben und weil Sie …

Er schnäuzt sich ins seidene, gewiss *erschwungene* Taschentuch und sagt, mit seinem einzigen Auge blinzelnd:

– Und weil Sie … sich nicht zu schad' sind für solche Taugenichtse wie uns …

11. Februar

Ein leiser Aufschrei, dann weicht sie zurück. Und ohne sich zu setzen oder mir einen Platz anzubieten, sagt sie:

– George, bist du ein Bandit?

Ich schaue sie an. Dieses schwarze bis oben hin zugeknöpfte Kleid. Diese schmale unberingte Hand. Dieses kurz geschnittene Haar. Etwas an ihr wirkt befremdlich. Eine Nonne? Oder … Oder vielleicht … Nein, das ist völlig ausgeschlossen.

– Und du? Wer bist du?

Sie sagt ohne Zögern:

– Ich bin Kommunistin.

Ich sinke auf den Stuhl. Erst jetzt bemerke ich: Das Zimmer ist fast leer. Nur ein Tisch, ein Bett und zwei Sitzgelegenheiten. An der Wand ein Portrait von Karl Marx.

– Bist du ein Bandit?

– Ja, ein Bandit.

– Ein Weißgardist?

– Ja, ein Weißgardist.

– Ein Söldner der Entente?

Wozu diese offiziösen, diese einstudierten Begriffe? Ich antworte kühl:

– Nein, Olga, ich bin nicht zu kaufen.

– Und wofür dann das Ganze? … Weshalb? … Wozu? …

Sie schlägt die Hände zusammen. Sie strengt sich an und begreift es ja doch nicht … Und mir geht es genauso.

12. Februar

Olga sagt aufgeregt:

– George … Früher warst du mal ein Kämpfer für die Revolution. Sei ehrlich: Habt *ihr* sie gemacht? Es waren wir, die den Zaren gestürzt haben. Es waren wir, die die Freiheit erobert haben …

– Olga, rede mir nicht von Freiheit.

– Es waren wir, die Russland wieder aufgebaut haben …

– Olga, rede mir nicht von Russland.

– Und warum nicht?

– Weil es die Freiheit nicht gibt. Weil es Russland nicht gibt.

– Es gibt keine Freiheit? … Und was ist mit euch? Keine Erschießungen? Keine Galgen? Keine Scheiterhaufen? Es gibt kein Russland? Und was ist mit euch? Ihr tummelt euch nicht in fremden Vorzimmern?

– Olga, sei still.

Sie steht auf. Ihre Augen sind dunkler geworden. Sie pocht mit der Hand auf den Tisch.

– Was schert euch das Volk voller Tränen und Blut? Was schert euch die Gerechtigkeit? Ihr liebt die Heimat für euch allein. Ihr schätzt die Freiheit, wenn es die eure ist … Und ihr seht nicht, dass die alte Welt stürzt … Nein … Ihr habt die Revolution verraten … Ihr habt Russland hintergangen … Ihr seid Feinde … Hörst du, George, du bist mein Feind …

Auch ich stehe auf.

– Nun gut, Olga. Dann zeige mich an.

– Du liebe Zeit, George. Was sagst du da?

Sie bedeckt das Gesicht mit den Händen und weint. Wer ist das? Olga? … Und wo bin ich hier? In einer Klosterzelle? In einem Gebetsraum? Und wozu diese Ikone an der Wand – dieses Portrait im Goldrahmen? … Ich höre sie unter Tränen sprechen:

– George … George … Warum bist du zurückgekommen?

13. Februar

Warum ich zurückgekommen bin? … *Alle diese Macht will ich dir geben und ihre Herrlichkeit; denn sie ist mir übergeben, und ich gebe sie, welchem ich will. So du nun mich willst anbeten, so soll es alles dein sein.* Der Versucher hatte fast recht. Ja, die Reiche gehörten ihm, Steine können manchmal zu Brot werden, und es ist möglich, sich fallenzulassen, ohne dass dein Fuß auf einen Stein stößt. Dieses *fast* ist die eigentliche Versuchung. Was ist Wahrheit? Wir kennen sie nicht. Und auch die anderen kennen sie nicht. Ein Moment verstreicht – und es ist vorbei mit den Erschießungen und den Galgen. Vorbei mit Fedja, mit der *Tscheka.* Dann beginnt der *Wohlstand.*

Kein Abgrund tut sich auf. Es ist das Dunkel, das die Augen blendet. Olga und das selbstgefällig stumpfe großtuerische Portrait. Olga und die Predigt der Versuchung. Olga und der ungebändigte Zorn. Abend. Im Zimmer ist es leer. Hinter der Wand schnarcht der Eigentümer. Mir ist kalt. Ich mache kein Feuer.

14. Februar

Fedja kommt hereingestürzt. Er ist blass. Sein rotes Haar ist durcheinander. So habe ich ihn nur einmal gesehen: Damals, während der Nachtattacke.

– Hab's nur ganz knapp geschafft, Herr Oberst ... Seien Sie bereit. Das Haus ist umstellt.

Ich kann es nicht glauben. Ich kann nicht glauben, dass die Tscheka meinen Aufenthaltsort kennt. Ihn kennen allein unsere Leute. Und unter ihnen ist kein Verräter.

– Unsinn, Fedja.

– Na, dann schauen Sie doch mal aus dem Fenster.

Ich tu es. Ja, im Hof hält jemand Wache. Was ist das? Nur ein dummer Zufall? ... Fedja holt den Revolver heraus. Ich sehe, dass seine Hand zittert.

Was tun? Wir stecken in der Falle ... Auch ich entsichere meine Browning.

– Fedja, hast du dein Parteibuch bei dir?

– Jawohl.

– Und den Ausweis der Tscheka?

– Jawohl.

– Gut, dann vorwärts.

Er hat es verstanden. Sein Gesicht hellt sich auf. Wir gehen durchs Esszimmer in die Küche. Im Esszimmer spielen am Boden die Kinder. In der Küche riecht es nach nasser Wäsche. Pelageja Petrowna flüstert: *Gehen Sie nicht, um Chrisi willen: Die bringen Sie um* ... Doch Fedja marschiert bereits schnell Richtung Ausgang.

Da ist schon die Straße. Auf der Straße ein Lastwagen. Er brummt, die Fensterscheiben scheppern. Es ist Glatteis. Von den Dächern tropft es. Die Christus-Erlöser-Kathedrale glänzt in der Sonne – Fedja bekreuzigt sich:

– Gott hat Sie gerettet, Herr Oberst … Die Gottesmutter lässt unser Pskow nicht untergehen …

15. Februar

Ich bin bei einem alten Bekannten, einem Professor untergekommen. Er unterrichtet Bio-, Zoo-, Minera-, und sonstige *Logie.* Morgens geht er zur Arbeit, und ich bleibe allein.

Kein Haus – es ist eine steinerne Kiste, keine Wohnung – ein Wissenschaftsmuseum. Mikroskope, Kolben, Retorten, Diagramme und Farbtabellen. Über dem Kamin eine Kuckucksuhr. Und der Kuckuck ruft jede halbe Stunde. Langsam schleppt sich die Zeit dahin – verglimmt der sinn- und nutzlose Tag.

Einst habe ich gesagt: *Ich will weder Knecht sein noch freier Knecht. Mein Leben ist ein einziger Kampf. Denn ich trinke den Wein, der da lauter eingeschenkt ist.* Den trinke ich jetzt. *Du sollst nicht töten* … Du sollst nicht töten, während deine Frau getötet wird? *Du sollst nicht töten,* während deine Kinder getötet werden? *Du sollst nicht töten* – und mit einem Handstreich ist der Kleinmut legitimiert, ist die Schwäche aufgewertet, ist die Ohnmacht zur Tugend erhoben … Zwar sterben die Mörder *an der Pestilenz. Der Verzagten aber und Ungläubigen und Greulichen, deren Teil wird sein in dem Pfuhl, der mit Feuer und Schwefel brennt.*

16. Februar

Wie lange noch soll meine Quarantäne dauern? Fedja macht sich große Sorgen. Er glaubt, ich soll besser nicht hinausgehen. Ich sitze allein, Aug in Aug mit dem Kuckuck. Es ist still. Es ist still, wie es manchmal im tiefsten Winter im Zimmer still sein kann.

Es ist das Dunkel, das die Augen blendet … Wäre das wirklich die Olga von einst? Wo sind die Flechten? Das weiße Kleid? Das heitere unbeschwerte Lachen? Wo ist Sokolniki? Wo sind jene unwiederbringlich verlorenen Tage? … Groß und stark ist die Versuchung. Jegorow, dieser ungehobelte Klotz, wittert sie rein intuitiv. Doch weder Fedja noch Wrede noch Iwan Lukitsch – Iwan Lukitsch am allerwenigsten – würden sie jemals auch nur bemerken. Für sie scheint alles glasklar zu sein. Hier Russland und dort die *Komintern*. Hier der Bauer, dort der Arbeiter. Sie sind für den Bauern und für Russland. Auch ich bin für den Bauern und für Russland. Aber ich weiß auch, wozu das führt. Und Olga? …

17. Februar

Gott sei Dank, der Bann ist gebrochen. Fedja rief mich an: In der Tscheka ist ein Bericht eingegangen, ich hätte Moskau bereits verlassen. Man sucht nach mir in Odessa und Kiew. Abends kommt Iwan Lukitsch vorbei. Iwan Lukitsch hat zugenommen, er ist glatt rasiert. Er trägt einen modisch taillierten Anzug und eine goldene Uhrenkette. Doch nicht etwa das schöne Stück mit dem *Schlagwerk?* … Er redet im Namen des *Komitees.*

– Das Komitee kann die Explosion unmöglich gutheißen.

– Und warum nicht?

– Das behindert die Arbeit.

Vielleicht hat er recht. Wir sind verseucht von all dem Blut. Ohne Blut können wir uns keinen Kampf mehr vorstellen. Während die Komiteemitglieder wie Mäuse den *Rat der Volkskommissare* benagen – leise, beharrlich, vorsichtig. Ihr Leben ist viel anstrengender als unseres. Ein einziger unaufhörlicher Werktag voll undankbarer Kleinstarbeit. Erst die Arbeit und dann gewiss das Gefängnis. Und die *Handschuhe?* Und die *Wurst?* Und der *Kork?*

– Das Komitee hat einen anderen Vorschlag.

– Und welchen?

– Den Chef der We-Tscheka.

Den Chef der We-Tscheka … Ich zögere. Der sitzt wie ein Zar hinter sieben Mauern. Doch was soll's: *Mitgegangen, mitgefangen.*

– Also gut.

– Ich werde es ausrichten.

– Richten Sie es aus. Und Sie? Wie geht es Ihnen?

Iwan Lukitsch holt aus der Tasche eine prallgefüllte Geldbörse. Darin sind lauter Dollar- und Pfundnoten.

– Sehen Sie? Da. Hab mit Tabak gehandelt.

Er treibt Handel. Er ist ein Schieber. *Jede Ameise trägt ihren eigenen Grashalm* … Ja, er wird sich ganz bestimmt einen Bauernhof kaufen und ganz bestimmt holländische Kühe züchten. Aber auch die Kommunisten wollen sich ja angeblich nur *alles in die eigenen Taschen stopfen.*

18. Februar

Ich lasse Wrede und Fedja kommen. Wrede zählt zum *Kommunistischen Offizierskorps.* Der Säbel rasselt, die Sporen klirren. Fehlen nur noch die Schulterstücke.

– Und, Wrede, keine Epauletten?

Er läuft rot an.

– Ist nicht schade drum. Wenn ich ehrlich sein soll. Was wussten wir schon? Von wegen ein Haufen. Eine Armee, eine echte Armee … Von mir aus die Roten, aber es sind ja doch unsere Leute.

Fedja feixt:

– Richtig, Herr Leutnant. Darum kriegt man dort auch ein paar vors Maul und dazu noch mit auf den Weg gesagt: *Nix Provisorische Regierung, nix Zarenzeit. Bei uns stehst du gefälligst stramm, du Bastard* … Tja, so läuft es da ab, ist mein Ernst.

Wrede ärgert sich:

– Ist ja gar nicht wahr.

Ist ja gar nicht wahr? … Also das nenne ich den Lauf der Dinge. Wrede fühlt sich wieder als Offizier. Er ist zu Pferd, er ist beim Heer, an vorderster Front, in der ersten Reihe. Fast hat er vergessen, dass er ein Weißer ist. Etwas zögerlich frage ich ihn:

– Was denken Sie über den Chef der We-Tscheka?

Er aber antwortet kurz und bündig:

– Juri Nikolajewitsch, bin immer bereit.

– Und du, Fedja?

Fedja schweigt. Dann nickt er nachdenklich mit dem Kopf:

– Was bleibt mir übrig, ist ein Befehl. Aber es wird kein Kinderspiel, Herr Oberst. Da rennen wir ganz schön gegen die Wand.

19. Februar

Ja, warum bin ich zurückgekommen? … Und wieder zerfrisst mich die Sehnsucht – die Sehnsucht nach meiner Waldesfreiheit. Mir ist eng, die Moskauer Steine drücken. Und ich wage es nicht, an Olga zu denken. Da schlägt sie also die Hände zusammen. Sie kann es einfach nicht begreifen. Aber sagte ich nicht: *Und mir geht es genauso?* … Gestern ging ich mit Jegorow die Iljinka entlang. Bei den Markthändlern stand an der Wand ein Tatare in einem zerrissenen Chalat. In der Hand eine Mütze. An der Mütze hing ein Zettel: *Genossen, gebt mir was für den Sarg.* Jegorow blieb stehen. Er warf einen Blick auf die speckigen Scheine und spuckte aus.

– Sieh an … Haben alle Mitleid mit ihm … Warum eigentlich? Da geht er schon vor die Hunde, aber die Höllenbiester erträgt er noch, nennt sie immer noch seine Genossen. Kein Wunder, dass der Herr ihm zürnt.

Auf der einen Seite die *Höllenbiester.* Was aber ist auf der anderen? Kann Jegorow ein neues Leben erschaffen? Kann Fedja gesunden Samen säen? Ist Wrede kein rebellierender Gutsherr? Ist Iwan Lukitsch kein Kulak? Was haben wir alle Russland zu geben? … Aber nein, nicht uns *zürnt der Herr.* Der Herr zürnt demjenigen, der nicht kämpft, der noch sterbend den *Höllenbiestern* gehorcht. Und Olga? …

20. Februar

Ich sage zu Olga:

– Ist es gestattet, das Geraubte zu rauben?

– Und du selbst, raubst du etwa nicht?

– Ist es gestattet, Unschuldige zu töten?

– Und du selbst, tötest du etwa nicht?

– Ist es gestattet, für ein Gebet zu erschießen?

– Und du selbst, glaubst du?

– Ist es gestattet, Russland zu verraten, dem Judas gleich?

– Und du selbst, verrätst du es nicht?

– Gut. Sei's drum. Ich raube, ich töte, ich habe keinen Glauben, ich verrate. Aber ich frage: Ist es gestattet?

Sie antwortet mit Überzeugung:

– Ja.

– Und in wessen Namen?

– Im Namen der Freiheit, der Gleichheit, der Brüderlichkeit … Im Namen der neuen Welt.

Ich lache:

– Freiheit, Gleichheit, Brüderlichkeit … Diese Worte stehen auf Amtsgebäuden. Und du glaubst an sie?

– Ja, ich glaube.

– An die Gleichheit von Puschkin und einem Bauern?

– Ja.

– An die Brüderlichkeit von Smerdjakow und Karamasow?

– Ja.

– An eure Freiheit?

– Ja.
– Und du glaubst, ihr könnt die Welt neu erschaffen?
– Das werden wir.
– Und um welchen Preis?
– Egal …

… … … … … … … … … … … … … … … … … … …..

Sie ist mir fremd. Und mit ihr ersticke ich, als säße ich in einer Gefängniszelle.

21. Februar

– Es reicht also, ein Duzend Bücher zu lesen, damit die Wahrheit fassbar wird?

– Kommt ganz auf die Bücher an.

– Das Evangelium?

– Nein, das ist was für Kinder.

– Es reicht also, vom Balkon *Schlitzt sie auf* zu rufen, um die Herde hinter sich herzuziehen?

– Keine Herde: Das russische Volk.

– Das Gottesträgervolk?

– Nein, das freie Volk.

– Es reicht also, irgendeinem Marx zu glauben, um das eigene Land zu verleugnen, sein eigenes heimatliches Nest?

– George, hör auf, mich zu quälen …

– Um die Sprache zu verhunzen, um den Glauben der Väter in den Staub zu treten, um Horden von Hungernden und Nackten zu züchten und schwangere Weiber an die Wand zu stellen?

– George …

– Um den russischen Namen zu verunglimpfen und lausigen Parvenüs zu dienen, wegen ihrer Lügen und ihrer Gier?

– George …

– Erinnerst du dich, Olga: *Das alles will ich dir geben, so du niederfällst und mich anbetest* … Also fall nieder und bete an. Aber das hast du ja bereits getan … Ja, jetzt ist dir alles gegeben. Jetzt ist euch alles gegeben. Dir, euch – jetzt habt ihr die Macht.

Sie stürzt vornüber auf den Tisch. Und schluchzt und schluchzt. Fedja erwartet mich. Ich gehe.

22. Februar

Fedja berichtet:

– Sie sind tot, Herr Oberst, im Ernst, Sie sind tot … Kommt gestern die Meldung: *Er ist wieder zurück aus Odessa, er ist in Moskau.* Und heute eine neue: *Er wird um 8 Uhr in den Petrowski-Park kommen, mit dem Automobil.* Du meine Güte! … Da lassen die glatt alles stehen und liegen. Schicken einen Trupp zur Twerskaja. Was soll ich denn tun, bin halt mitgegangen. Und tatsächlich, kommt ein Wagen gefahren. *Halt! … Aussteigen! … Papiere!* … So ein Herr steigt aus. Sagt: *Ich bin Alexjuk. Ich arbeite bei der Staatsbank … – So, so? Alexjuk? … Bei der Staatsbank, wie? … Na sicher. Los, mitkommen!* … Der tappt hin und her, läuft schon leichenblass an: Hilfe! Macht seine vier, fünf Schritte – und husch in die Sträucher, aus Angst, versteht sich. Paff, paff, paff … Ballern die los aus allen Rohren. Ich beuge mich über ihn, stelle fest: Der Ärmste atmet ja gar nicht mehr. Sagt der Hauptmann: *Hat als Hund gelebt, ist als Hund gestorben* … Tja, das gilt wohl Ihnen … Demnach sind Sie jetzt mausetot.

– Fedja, sei ehrlich, kam die Meldung von dir?

– Um Gottes willen, nein. Sowas würd ich nie wagen.

Ich weiß, dass er lügt. Er hat wieder gespielt und wieder bei Akulka gewonnen: *Er hat eben Dusel.*

23. Februar

Wrede ist verhaftet worden. Auf der Reitbahn, direkt nach den Übungen, und mit einem Lastwagen zur We-Tscheka gebracht. Er hat sich auch nicht widersetzt. Fedja bittet mich, zu Hause zu bleiben. Doch ich habe jetzt genug von der Quarantäne. Olga … Olga ist mir fremd. Aber doch nur, weil sie mir nah ist. Und auch Wrede war mir nah, und auch er war mir nah und fremd. In jedem von uns steckt ein Körnchen Wahrheit. Nur ein Körnchen, nur ein nichtiger Teil. Wer traut sich zu sagen, dass er sie in ihrer erhabenen Ganzheit fasst?

24. Februar

Heißt das, der Chef der We-Tscheka wird am Leben bleiben? Fedja schwört, Wrede sei rein zufällig verhaftet worden. Aber ich weiß nicht so recht: Ich wurde rein zufällig umstellt, Wrede rein zufällig verhaftet … *Gebt Acht auf den revolutionären Schritt, der rastlose Gegner wacht mit*. Wir schlafen nicht. Warum sollten es die anderen? Ein Wolf wittert Menschen auf dreißig Werst. Die wittern uns. Wir wittern die. Ich spüre Gefahr. Sie rückt immer näher. Jegorow ist schon in grimmiger Laune. Er denkt an Sinizyn und bedauert zutiefst, dass es in Moskau keine Scheiterhaufen gibt. – *Aber wen wollte man hier verbrennen, Jegorow?* – *Wen? Als wüsst er es nicht …* Nun, ich weiß es nicht. Bin ich etwa Fedja? Bin ich vielleicht Iwan Lukitsch?

25. Februar

Wrede wurde heute in einem Kellerverlies der Lubjanka erschossen. Vor dem Tod schrieb er mir noch einen Brief. Diesen Brief hat mir Fedja gebracht. *Ich weiß, dass ich bald sterben werde, doch um mein Leben tut es mir nicht leid. Ich sterbe mit einem reinen Gewissen: Ich habe meine Pflicht erfüllt. Ich habe Russland nach Kräften gedient. Mag das nicht viel gewesen sein, sollen die anderen mich überbieten. Ich glaube an Russland, an seine Ehre, an seine Freiheit, an seine Größe. Ich glaube an das russische Volk und gehe dafür in den Tod.*

Der glückliche Wrede. Es ist schön, mit festem Glauben im Herzen zu sterben, im Wissen, das Richtige getan zu haben. Es ist schön, in der Todesstunde in seine eigenen Gründe zu tauchen und zu beten: *Herr, meine Pflicht ist erfüllt.* Es ist schön, *sein Leben für die Freunde zu lassen* … Ja, so starb auch Nasarenko.

26. Februar

... Vorwärts ziehn die Ruhelosen
mit dem Hund, der hungrig ist.
Und im Kranz aus weißen Rosen,
unverwundbar ganz und gar,
in den Stürmen unsichtbar,
mit schneeweichen zarten Schritten
über Leichen sanft geglitten,
und das blut'ge Tuch gehisst,
geht voran Herr Jesus Christ.

– George, erinnerst du dich an dieses Gedicht?

– Ja, aber warst du nicht der Meinung, Christus, das sei was für Kinder?

– Ja, für Kinder, aber schau einmal: Was war am Anfang, was war am Ende? Bei uns war am Anfang Brest-Litowsk und am Ende die Verteidigung Russlands. Und bei euch? Am Anfang der große Angriff und am Ende das fremde Brot. Stimmt das soweit?

– Ja, das stimmt.

– Dann schau mal weiter: Bei uns war am Anfang die Verbrüderung an der Front und am Ende der Sieg an allen Fronten. Und bei euch? Am Anfang die Freiwilligen und am Ende Lemnos. Stimmt das soweit?

– Ja, das stimmt.

– Dann schau noch weiter: Bei uns war am Anfang das Maschinengewehr und am Ende werden wir die Freiheit erringen. Und bei euch? Am Anfang die Freiheit und am Ende ein Bilderbuch-Zar. Stimmt das soweit?

– Ja, und wenn schon …

– Nun, warum bist du dann gegen uns?

Sie sitzt in dem schwarzen schmucklosen Kleid, und ihr bleiches Gesicht ist todernst. Ich sehe sie an, und ich suche darin nach den Spuren der alten Olga. Da sind die geliebten blauen Augen. Aber auch sie sind nicht mehr dieselben. Wo blieb ihre einstige Macht über mich? … Und wieder einmal kein Fest, nur Alltag … Ich sage leise:

– Und warum bist *du* nicht mit uns? Ihr habt euch doch längst von euch losgesagt. Wo ist euer *Kommunistisches Manifest?* Denk einmal nach. Was habt ihr versprochen? – *Friede den Hütten, Krieg den Palästen*. Aber die Hütten, die lasst ihr brennen und in den Palästen betrinkt ihr euch. Was habt ihr versprochen? – Die Brüderlichkeit. Und die einen betteln um Almosen *für den Sarg,* und die anderen geben es ihnen. Was habt ihr versprochen? – Die Gleichheit. Und die einen scharwenzeln vor den Königen, und die anderen warten schön zahm auf die Knute. Die Freiheit? – Aber die einen befehlen, und die anderen gehorchen nach Sklavenart. Es ist wie früher zur Zarenzeit. Keine Spur von einer Kommune … Alles nur Betrug und laute Phrasen und überall der gewöhnlichste Raub. Stimmt das soweit? Nun sag schon.

Sie schweigt. Sie wagt es nicht, mir darauf zu antworten.

– Nun sag.

– Ja, das stimmt.

27. Februar

Ist es möglich, Olga zu überzeugen? Und wenn ja, dann frage ich mich: Wozu? ... Sie weint. Doch ich weiß: Sie beweint keinesfalls ihre Fehler oder etwa mich. Sie beweint allein unsere einstige Liebe ... Schließlich tappen wir beide im Nebel. Uns fehlt es an Fedjas Naivität, an Jegorows Feuer, an Wredes Lauterkeit – an dem, was dem Herzen Trost verschafft. Wir wissen beide, dass wir schuldig sind. Zwar jeder auf seine Weise, aber dennoch schuldig. Oder niemand trägt an etwas die Schuld, und es gibt überhaupt keine Schuld. Alle haben recht. Alle sind *Erdenstaub,* alle sind *Flausen* ... Wo ist der Reiter mit der Waage?

28. Februar

Zwischen uns ist alles gesagt. Oder doch nicht alles?

– George …

– Ja, Olga?

– Sag, hasst du mich?

– Nein.

– Aber du liebst mich auch nicht? … Du liebst eine andere?

Eine andere? … Plötzlich erinnere ich mich an Stolbzy, an den Mondschein, an das weiße Tuch. Ich erinnere mich an die Sterne, an den Wald, an den Duft von frischem Heu. Und ich höre: *Mit mir, einer Bäuerin, seinen Spaß haben, aber heiraten nur eine feine Dame von seinesgleichen …* Liebte ich Gruscha? Ich weiß nicht. Damals dachte ich, eher nicht.

– Ich warte.

Sie hebt ihre forschenden Augen. Sie schaut mich unverwandt an. Sie sagt:

– Du liebst eine andere … Doch warum, warum bist du dann zurückgekommen? Um mich zu verunsichern? Um mich auszulachen? … Gut, ich bin deine Feindin, du hasst mich. Dann geh doch, George, dann geh doch fort …

– Gut. Ich werde fortgehen.

Ich spreche es aus, und sie zuckt zusammen. Sie erhebt sich und tritt langsam ans Fenster. Im grauen Fensterrahmen erscheint ein hochgewachsener schwarzer Schatten. Olga – jene Olga, wegen der ich hier bin.

– Ja, George, geh fort.

1. März

Iwan Lukitsch ist in den Süden gefahren, und zwar im Auftrag des *Komitees.* Offenbar fürchtet er die Tscheka, außerdem scheint er mit Brot zu handeln. Brot, Tabak, Kakao, Wein – er ist sich einfach für nichts zu schade. Er spart halt für seinen *Bauernhof.*

Jegorow ist empört: *Hat uns sitzen lassen. Sich einfach verdrückt ... Ist alles die Gier. In unserer Sache ist Gier nicht angebracht. Wer da mitmacht, braucht eine reine Weste, wie zum Beispiel unser Herr Leutnant. Diese verfluchten Mistkerle ... Verderben das Volk mit schnödem Geld* ... Er haust in einem Kämmerlein im Hinterhof. In der rechten Ecke – Ikonen: Gott Zebaoth und Christus der Retter, in der linken – eine große beschlagene Truhe. Darin sind Revolver, Patronen, Bomben, Handgranaten. Auf der Innenseite ist der Deckel mit einem Jahrmarktsbildchen beklebt, welches da heißt *Des Menschen Leben.* Der Aufstieg: Kindheit, Jugend, Heirat. Der Abstieg: Heirat, Alter, Tod. Unter dem Grab ist das Reich der Hölle: Teufel mit Gabeln und langen Schwänzen, und *Gehenna*, das *ewige Feuer.* Jegorow zeigt darauf mit dem Finger:

– Hier, das vergessen die Menschen meist.

Ich sage ihm:

– Jegorow, vielleicht solltest du auch für eine Weile verreisen.

– Nein, ausgeschlossen, ist nicht drin, Herr Oberst.

– Sie verhaften dich noch.

– Nur keine Sorge ... Mit der Truhe jage ich sie in die Luft.

Ich muss schmunzeln:

– Ist das nicht eine Sünde?

– Eine Sünde? ... Seit wann ist es eine Sünde, wenn man Höllenbiester zerschlägt? Nein, also wirklich, Herr Oberst.

2. März

Fedja ruft an: Wir werden gesucht. Ich schlage auch ihm vor, wegzufahren. Und natürlich lehnt er es ab: *Ich weiche Ihnen nicht von der Seite, Herr Oberst. Wenn, dann sterben wir zusammen. Soll sie doch alle der Teufel holen* … Ich weiß, dass wir mit dem Feuer spielen, doch ich will und ich kann nicht aufgeben: Ich hege die Hoffnung, dass Fedja mir die Adresse vom Chef der We-Tscheka besorgt. We-Tscheka … Die Schamhaftigkeit ist rührend … Warum nicht Ochranka? Sind es nicht dieselben Verliese und dieselbe Anklagebank?

Ich wandle durch Moskau. Schnee schwirrt in Flocken. Er bedeckt die Boulevards, die Plätze, die Gassen. Und alle Hausdächer werden weiß. Sogar die zitternde Luft wird weiß. Am Erlöser-Turm schlagen die Uhren. Ich denke an unsere Begegnungen – an Olga. Ihr Glaube ist mein Unglaube. Ihre Freude ist meine Trauer. Ihr Sieg ist mein unrühmliches Ende. Und natürlich auch umgekehrt … Es ist schwer, zu ihr zurückzukehren.

3. März

Die Wahrheit zu kennen, ist keinem gegeben. Und was wir wissen, ist zwiegeteilt. Einen Teil haben wir, den anderen die anderen. Nicht jedes Wort ward lebendiges Fleisch, nicht jedes Wort hat sein Blut vergossen. Doch deren Wort hat es. Und dieses Blut floss nicht in Bächen, sondern in Meeren. In wessen Namen? – Olga sagt: Im Namen der Freiheit, der Gleichheit, der Brüderlichkeit. Sie träumt einen Traum. Den träume auch ich. Und die Wirklichkeit? Ist sie nicht Haschen nach Wind?

Ich habe zum Schwert gegriffen, ich konnte nicht anders, denn ich bin ein Sohn Russlands. Und nun? *Meine Lieben und Freunde treten zurück und scheuen meine Plage, und meine Nächsten stehen ferne. Denn ich bin zu Leiden gemacht, und mein Schmerz ist immer vor mir.*

4. März

Natürlich bin ich zurückgekehrt. Auch ihr Zimmer ist fremd. Viel zu nackt die Wände. Viel zu dreist, viel zu kränkend dieses Portrait.

– Olga, nimm es ab.

Sie folgt meiner Bitte. Nimmt von der Wand den vergoldeten Rahmen. Dann setzt sie sich und fasst meine Hand.

– Soll ich dir aus der Hand lesen, George?

Ich glaube nicht an Wahrsagerei. Ich glaube auch nicht, dass sie wahrsagen will. Ich sage:

– Lass es ... Wo arbeitest du?

Sie nennt mir irgend so ein *Kom.* Betreuung von Kindern. *Proletarierkindern.*

– Und du bist auch in der Partei?

– Bin ich.

Für eine Parteimitgliedschaft habe ich seinerzeit Leute gehängt ... Ich schweige. Und auch sie schweigt lange.

– George ...

– Ja, Olga.

– Und wo ist dann deiner Meinung nach die Wahrheit? Doch nicht etwa bei den Weißen?

– Nein.

– Bei den Grünen?

– Nein.

– Bei den alten Parteien?

– Nein.

– Und wo dann?

– Ich weiß es nicht … In Fabriken, in Kasernen, in Dörfern, bei unbedarften einfältigen Menschen. Aber nicht bei euch.

Sie steht auf und beugt sich zu mir. Und plötzlich, ohne Vorwarnung, drückt sie sich an mich. Ich fühle ihren Leib, ihre hohe weiche Brust. Genauso waren Gruschas Umarmungen.

– Olga, ich bin spät dran. Leb wohl.

5. März

– George, liebst du eine andere?

– Ich weiß nicht, Olga, ich weiß es nicht …

– Du weißt es nicht? … Du liebst mich nicht mehr … Wie habe ich auf dich gewartet, George. Und dann … Dann bist du ein *Bandit* geworden … Ich konnte nicht. Du musst es verstehen … Nur sag mir, wer ist sie? Wer ist die andere?

– Olga, lass es, sie lebt nicht mehr.

– Dann stimmt es also? Dann hatte ich recht? Nein, George, ich liebe dich nicht, und mehr noch: Ich hasse dich, ja, ich hasse dich …

Weibliche Tränen rinnen in Strömen – genauso wie bei Gruscha, im Wald.

– Olga …

– Ich habe dir doch gesagt: Geh fort …

Zum zweiten Mal stößt sie mich von sich. Nun ja. Um meine Liebe tut es mir leid. Doch ich kann weder wütend noch mitfühlend sein. Auf der Straße werde ich sie vergessen.

6. März

Die *Iswestja* berichtet: *Ein feiges Verbrechen der Weißen Garde. Eine Explosion im Vokogewe. Die We-Tscheka hat in ihrem unermüdlichen Kampf gegen die Konterrevolution zum wiederholten Male ein Komplott der Entente-Söldner, der Menschewiken und Sozialrevolutionäre aufgedeckt. Am 5. März, um 4 Uhr nachmittags sind Tscheka-Agenten in der oben genannten Behörde erschienen, um einen gewissen Pjotr Larionow festzunehmen, welcher als Hausmeister daselbst gearbeitet hat. Larionow, ein brandgefährlicher Bandit, verbarrikadierte sich in seiner Wohnung. Als die Beamten ihn aufforderten, seine Waffen niederzulegen, erfolgte eine starke Explosion. Die Genossen Wezis, Birk und Schtschepanski waren auf der Stelle tot. Das Gebäude des Vokogewe wurde schwer beschädigt. Der Bandit ist von der Explosion verstümmelt worden, was eine Identifizierung unmöglich macht. Tod den Verrätern! Es lebe die RSFSR!*

Der Bandit von der Explosion verstümmelt … Nun, Jegorow blieb seinen Worten treu. Freilich, er hat gehängt, erschossen, sogar auf dem Scheiterhaufen verbrannt. Doch er tat es im Kampf mit den *Höllenbiestern.* Zu seiner Ehrenrettung muss gesagt werden: Er war zeit seines Lebens Nichtraucher und hat sich niemals mit fremdem Geschirr befleckt. Ob diese Tugenden ausreichen, um vor dem Ort verschont zu werden, *den die Menschen meist vergessen?* Er hat das jedenfalls geglaubt. Geheiligt werde sein Glaube.

7. März

Jegorow war ganz und gar unterbelichtet, war dunkel, denn dunkel sind die Volksgründe. Dunkel ist das ungepflügte Land, reich an Bodenschätzen und fruchtbar. Hier liegen seine wahren Wurzeln. Doch es geschah *ein Erdbeben also groß*. Und erschüttert wurde das uralte Leben. Und das neue … Was hat ihm das neue geschenkt? *Das Haus angezündet, den Sohn umgebracht* … Eine Invasion der Höllenheere.

Ich höre den Wind im Kamin pfeifen. Und es kommt mir vor, ich bin nicht in Moskau, sondern im Wald, und die Wipfel rauschen. Gleich tritt Jegorow aus dem Finstern hervor, bekreuzigt sich mit zwei Fingern und sagt: *Ach, was meint es doch der Herr mit uns gut!* … Und frisch und froh rinnt der Sommerregen.

Fedja, er sitzt in der Ecke und raucht – eine Zigarette nach der anderen. Er hat abgenommen, unter seinen Augen haben sich schwarze Ringe gebildet. Er scheint bei Akulka zu verlieren.

– Wir sollten die Fliege machen, Herr Oberst.

– Und was ist mit dem Chef der We-Tscheka?

– Wird mir langsam zu heiß, Herr Oberst. Jetzt überprüfen die schon mich. *Und wie lange bist du in der Partei? Und wo, sagst du, hast du früher gedient? Warst du im Gefängnis? Ach ja? Und in welchem?* … Ich lüge, was das Zeug hält, rede mich um Kopf und Kragen, doch es hilft nix. Sind schlau geworden, die Schweine. Haben es faustdick hinter den Ohren …

– Hast du die Adresse besorgt?

– Ja, aber darum geht es doch gar nicht … Die schnappen uns doch, so wahr ich hier stehe …

– Dann geh doch, Fedja. Ich brauche dich nicht.

Er wirft die Kippe in den Kamin.

– Vor Samstag klappt es auf keinen Fall. Er ist verreist. Kommt am Samstag wieder. Aber bis es erstmal so weit ist …

Und verzweifelt winkt er ab. Er hat Angst – eine tote Maus im Herzen. Ich unterbreche ihn:

– Ich habe gesagt: Gib die Adresse und dann geh.

9. März

Fedja ist nirgends hingegangen. Er wurde noch am selben Abend verhaftet. Und wieder lese ich in der *Iswestja,* der weißgardistische Agent Kowaljow sei bei einem Fluchtversuch getötet worden. Also ist auch Fedja fort. Alle sind fort. Ich bin allein.

10. März

Bis Samstag warten … Heute ist Donnerstag. Ich bin wie ein totgehetztes Tier, wie die Kommissarsgattin in Bobrujsk. Ich vermisse den Wald. Trübselig scheint die Basilius-Kathedrale, und der Kreml erfreut nicht mehr. Da – die Mauer, zahllose Gräber der gefallenen Kommunisten. Sie verdienen den Ruhm und die ewige Ruh. Und ich? … – Eine unendliche Weite. Schon raschelt im Wald der Nussstrauch, schon hebt sich die Zeltwand, und Gruscha tritt barfuß herein: *Mach sie platt. Mach sie platt … Lass nicht einen entwischen. Verrecken sollen sie, die Schweinehunde …*

11. März

Ja, Fedja hatte recht: Wir sollten wirklich *die Fliege machen.* Abends gehe ich auf die Twerskaja. Ohne Gedanken, ohne Ziel – nur heraus aus den stickigen vier Wänden. Unten auf dem Platz werde ich von einem Wagen eingeholt: *Genosse, Halt! … Hände hoch!* … Es gelingt mir, die Browning herauszuholen: Ich halte sie stets im Ärmel bereit. Ich hebe die rechte Hand und beginne, weiß Gott warum, darauf loszuschießen. Ich sehe keine Menschen, nur schwarze Schatten. Ich drücke so lange ab, bis auch noch die letzte Patrone verschossen ist. Dann komme ich zu mir … Ich sehe mich um. Es ist leer und sehr dunkel. Auf dem Pflaster liegen im nassen Schnee drei Menschen. Der haltende Lastwagen brummt noch lange mit seinem Motor. Ich biege in eine Gasse ein … Das heißt, der Chef der We-Tscheka wird am Leben bleiben.

12. März

Ich verabschiede mich von dem Professor, als es plötzlich schellt. Der Professor fährt hoch. Ich nehme die Browning und gehe zur Tür. An der Schwelle steht Olga.

– Wozu die Pistole?

– Ich werde gesucht.

– Von wem?

– Von deinen Freunden, den Kommunisten.

Sie setzt sich nicht, nein, sie fällt auf den Stuhl, so wie sie ist – mit Pelz und Papacha.

– George … Du willst wegfahren? Ja?

– Ja, Olga.

– George, Liebster, nimm mich mit … George.

– Und wohin?

– Wohin du willst.

Nimm mich mit dir, wohin du willst … Genauso hat Gruscha mich angefleht … Aber diese Frau mit dem kurzen Haar und einer Papacha, diese wildfremde Frau, warum duzt sie mich, warum nennt sie mich George?

– Nein, Olga.

– George, sei wer du willst, tu was du willst, aber du darfst mich nicht abweisen … Bitte … George, denn ich liebe dich. Denn ich habe dich immer geliebt …

– Nein, Olga.

– Und warum? Weil ich eine Kommunistin bin? Weil ich gegen euch war?

Ich schweige.

– Sag es mir … Sag es.

Sie weint nicht. Ihre Augen sind trocken. Sie wartet. So hat auch Gruscha gewartet … Aber auf eine andere Antwort.

– Weil ich dich nicht liebe.

Ich sage es und glaube mir selbst nicht. Sie blickt zu Boden. In der Küche lässt der Professor Gläser klirren. Die Wanduhr tickt, die Kuckucksuhr, und im Fenster kreisen langsame Flocken.

13. März

Ich sitze im Zug. Es riecht nach Pelzjacken und billigem Tabak. In einer dunklen Ecke klimpert ein Bursche auf der Balalaika:

Ach, Kommunien, Kommunien, komm her!
Zeig uns deine dumme Fresse bitte sehr!

Was habe ich erreicht? Hinter mir die frischgegrabenen Gräber. Vor mir … Doch was erwartet mich dort? Der Weg ist beschwerlich, der Weg ist weit, und das Ende nicht abzusehen. Morgen werden noch weitere fallen. Wer soll kommen, sie abzulösen. Neue Fedjas, Jegorows, Wredes? Oder Saubermänner, der heilige Kassian, der den Finger nicht in die Wunde legt? Es geht um Erneuerung, nicht um Zerstörung … Olga … Ich habe gesagt, ich liebe sie nicht. Ja, meine Welt ist öde geworden. Russland ist Olga, Olga ist Russland. Nein, falsch. Und was bitte ist mit Gruscha? … Ohne Gruscha – kein Traum von Olga. Der Kreis schließt sich. Etwa der letzte, wo alle Hoffnung verloren geht?

Ach, Kommunien, voll Lumpen ist dein Kleid!
Und es sitzen lauter Lumpen weit und breit!

Die Lok pfeift schrill, die Räder rattern. Im Dunkeln klimpert die Balalaika. Der Zug rollt. Aber wohin?

14. März

Der Zug rollt. Ich sehe: Unter einer kahlen Birke steht ein Mann ohne Mütze, einen Strick um den Hals ... *Beim Kreuzzeichen wendet man sich wohin? Richtung Sonnenaufgang, versteht sich* ... Ich sehe ein rotes Feuer brennen und sehe nackte Schultern erglänzen ... *Los, seng ihm ein bisschen den Bart an* ... Ich sehe ein ganzes Dorf in Flammen und in der Sonne blitzt eine Axt: *Ich mach euch platt!* ... Der Zug rollt. *He, Genosse, sei nicht schlapp! Knall das heil'ge Russland ab!* Und sie haben es abgeknallt. Und das verwundete Russland zuckt. Nicht nur sie haben es abgeknallt – wir auch. Ja, alle, die ein Gewehr zur Hand hatten. Wer ist für Russland? Wer ist dagegen? ... Wir? ... Die? ... Oder wir *und* die? ...

Wer kennt schon die Fristen? Doch wird es erstehen, unser Land – erstehen in unserem Blut, erstehen aus den tiefsten Volksgründen. Mögen wir auch *Flausen* sein. Möge uns das *Schicksalsbrausen wolkenhoch emporreißen.* Wir blinde, einander hassende Menschen gehorchen demselben stummen Gesetz. Nicht wir werden unsere Sünden messen. Ebenso wie unser geringes Opfer ... *Und da es das dritte Siegel auftat, hörte ich das dritte Tier sagen: Komm! Und ich sah, und siehe, ein schwarzes Pferd. Und der daraufsaß, hatte eine Waage in seiner Hand.*

Anmerkungen

I

S. 5 1923 war in Paris beim Verlag Franko-russkaja pechat' eine Ausgabe in russischer Sprache erschienen, im Oktober oder November 1924 kam eine englische Übersetzung von Sir Paul Dukes heraus, in der bereits auf die Verhaftung Boris Sawinkows hingewiesen wurde. Sawinkow kannte Dukes, der 1920 als Agent des britischen Auslandsgeheimdienstes MI 6 eine Zeit lang bei Sawinkows Freiwilligentruppe gewesen war, zu Sawinkos Spionagekontakten siehe auch die Anmerkungen zur *Schriftlichen Aussage*, S. 236 u. 238.

S. 5 … gegen die Bolschewiken kämpft: Im Winter 1917 war wegen eisiger Temperaturen der Eisbahnverkehr lahmgelegt, darum gelangten weder Mehl noch Heizmaterial in die Hauptstadt Petrograd (der Name St. Petersburg klang während des Kriegs zu »deutsch«, daher wurde die Stadt 1915 umbenannt), Ende Februar kam es zu Massendemonstrationen und -streiks. Was als Brotaufstand begonnen hatte, entwickelte sich binnen weniger Tage zu einer Revolution. Es bildeten sich von Menschewiken, Sozialrevolutionären und Parteilosen bestimmte Arbeiter- und Soldatenräte; sozialistische und liberale Abgeordnete der Duma (des russischen Parlaments) riefen ein Komitee ins Leben, das Zar Nikolaus II. am 3. März zur Abdankung zwang. Eine Provisorische Regierung, zunächst unter dem liberalen Fürsten Georgi Lwow, 1861–1925, dann unter dem Sozialisten Alexander Kerenski, 1881–1970, berief eine Konstituierende Versammlung ein, die über die zukünftige Staatsform und eine Verfassung beraten sollte. Im Laufe des Frühjahrs und des Sommers kehrten führende Bolschewiken wie Lenin und Trotzki aus dem Exil nach Russland zurück, und im Oktober 1918 putschten die Bolschewiken sich an die Macht. Es setzte sofort ein Bürgerkrieg zwischen Weißen und Roten ein. Siehe auch folgende Anmerkungen.

S. 5 Die Weißen: Ein Bündnis der antibolschewistischen Gruppierungen, zu dem Monarchisten und Kosaken ebenso gehörten wie radikale Sozialisten, ukrainische Anarchisten und weißrussische Partisanen, Privatarmeen und ausländische Expeditionskorps. Die Bewegung war uneinig und zerstritten, ihre Generäle – wie Denikin, Wrangel und Koltschak – operierten von den multiethnischen Rändern des russischen Imperiums und wollten das »unteilbare Russland« als Zentralstaat wiedererstehen lassen. Den Bauern waren sie suspekt.

S. 5 Die Grünen: Bewaffnete Bauerntruppen während des Russischen Bürgerkriegs 1918–1920, die sich in den Wäldern versteckten und sich vor allem aus Deserteuren der Roten Armee rekrutierten. Die im Zarenreich praktisch rechtlosen Bauern kämpften ohne eine übergeordnete Organisation auf lokaler Ebene für ihre Freiheit und eigenes Land – sowohl gegen die Weiße wie gegen die Rote Armee. Die mit Boris Sawinkow befreundete Lyrikerin Sinaida Hippius notierte 1918 in ihr Tagebuch: »Kaum strecken sich aber die kommunistischen Tatzen nach dem Dorf aus, wird der Bauer unangenehm.« Die Bolschewiken bezeichneten die Grünen als »Banditen« oder »Sawinkowtsy«.

S. 6 Inneres Gefängnis 1924: Inneres Gefängnis der Lubjanka, die zugleich Zentrale des sowjetischen Geheimdienstes und Gefängnis für politische Gefangene war. Boris Sawinkow galt den Bolschewiken als eine Art »Staatsfeind Nr. 1«, im Oktober 1917 hatte er versucht, den Sturm auf das Petersburger Winterpalais zu verhindern, er hatte die anti-bolschewistische »Union zur Verteidigung des Vaterlands und der Freiheit« gegründet, eine Erhebung in Jaroslawl angeführt, in der Weißen Armee als einfacher Soldat gekämpft, als Vertreter der Weißen an den Versailler Verhandlungen teilgenommen, war Chef der Militärmission von Admiral Alexander Koltschak, 1874–1920, der in Sibirien gegen die Bolschewisten kämpfte, hatte dann eigene Truppen aufgestellt, die von der polnischen, französischen und britischen Regierung finanziert wurden, war Bündnisse mit ukrainischen und weißrussischen Partisanengruppen eingegangen und hatte sich schließlich den »Grünen« angeschlossen. Schon 1918 hatte Trotzki ein Kopfgeld auf seine Ergreifung ausgesetzt, 1924 lockte die Tscheka ihn mit der Operation »Syndicat II« aus dem Pariser Exil nach Russland zurück. Tscheka-Agenten gaben vor, einen neuen Umsturzversuch gegen die Bolschewiken zu planen, und statteten Sawinkow mit falschen Papieren aus. Als er am 15. August die Grenze zur Sowjetunion überschritten hatte, wurde er in der Nähe von Minsk festgenommen. Schon wenige Tage später fand der Prozess gegen ihn statt, – siehe Anmerkungen zur *Schriftlichen Aussage*, S. 231 ff.

S. 7 Alle Bibelzitate folgen der Lutherbibel 1912.

S. 11 Papacha: Eine kaukasische zylinderförmige Fellmütze.

S. 11 Putilow-Werk: Ein Maschinenbauwerk in St. Petersburg, in dem Schienenfahrzeuge, Geschütze und Schiffe gefertigt wurden; im Februar 1917 gingen die Arbeiter auf die Straße, um für eine bessere Versorgung zu demonstrieren – wegen des eisigen Winters war der Eisenbahnverkehr um Petersburg lahmgelegt, weder Mehl noch Brennmaterial gelangten in die Stadt. Was mit einem »Brotaufstand« begonnen hatte, endete in der Revolution.

S. 11 Panzerzug *Lenin*: Im Ersten Weltkrieg und im Russischen Bürgerkrieg wurden gepanzerte, mit Maschinengewehren oder Granatwerfern bestückte Züge eingesetzt. Wegen der ungeheuren Flächenausdehnung des Russischen Reichs fanden Truppenverlegungen und -transporte mit Zügen statt, daher wurde im Bürgerkrieg vor allem entlang der Eisenbahnlinien gekämpft.

S. 12 Golubka: Täubchen, Schätzchen.

S. 13 Pskow: Stadt im Nordwesten Russlands, 320 Kilometer südwestlich von St. Petersburg an der Grenze zu Lettland gelegen, Nikolaus II. unterzeichnete dort im Februar 1917 die Abdankungsurkunde, von Februar bis November 1918 war die Stadt von deutschen Truppen besetzt; während des Russischen Bürgerkriegs wurde sie im September 1919 von den Roten eingenommen.

S. 13 Altgläubiger: Die Altgläubigen lösten sich Ende des 17. Jahrhunderts von der russisch-orthodoxen Großkirche, deren Gottesdienstordnung reformiert worden war, viele sahen im Staat und der Amtskirche den Antichristen. Sie wurden im Zarenreich lange Zeit unterdrückt und siedelten sich daher in entlegenen Gebieten an, erst 1905 erhielten sie Bürgerrechte.

S. 13 *Kaluga*: Russische Handelsstadt an der Oka, etwa 190 Kilometer südwestlich von Moskau, ein Eisenbahnknotenpunkt, an dem sich Linien u. a. nach St. Petersburg, Moskau, Smolensk und in den Donbass kreuzen.

S. 15 Ulanen: Mit Lanzen, Säbeln und Gewehren bewaffnete Gattung der Kavallerie.

S. 16 *Ach, wie haben doch so fest*: In Russland gibt es eine Tradition vierzeiliger Spottlieder, *Častuška*, die Ähnlichkeit mit der bayerisch-österreichischen Gstanzl hat.

S. 17 Auf der Nase kleine Rauten und ein roter Stern: Sawinkow spricht von »Würfeln« – Rauten waren in der Roten Armee Abzeichen der höheren Offiziersränge.

S. 17 Marschall Ney oder d'Avoût: Michel Ney, 1769–1815, und Louis-Nicolas d'Avoût, 1770–1823, galten als herausragende Generäle der napoleonischen Armee, beide nahmen am Russlandfeldzug 1812 teil.

S. 17 Wladimir: 190 Kilometer nordöstlich von Moskau am Fluss Kljasma gelegen, Anfang des 12. Jahrhunderts gegründet, seit 1992 gehören die Klöster der Stadt zum UNESCO-Weltkulturerbe.

S. 17 Pathéphon: Früher Schallplattenspieler, ein »Musikapparat« der Firma Pathé (1894 von den Brüdern Charles und Emile Pathé gegründet).

S. 18 Bjaresina: (Beresina), ein gut 60 Kilometer langer, rechter Nebenfluss des oberen Dnjepr in Russland (in der Region Smolensk) und Weißrussland.

S. 20 … mit *gebrochenen Flügeln* und *verhaftet dem Staub*: Zitate aus dem Gedicht: *Oh dieser Süden (O etot jug)* von Fjodor Iwanowitsch Tjutschew, 1803–73, der als einer der größten Vertreter der russischen Gedankenlyrik gilt.

S. 22 Leutnant Wrede verbrachte den Krieg an der Front …: Das russische Zarenreich gehörte mit Frankreich und Großbritannien zur Triple-Entente, von August 1914 bis zum Friedensvertrag von Brest-Litowsk im März 1918 kämpften russische Truppen gegen deutsche und österreichische.

S. 22 Georgskreuz: Orden des Heiligen und Siegreichen Großmärtyrers Georg, 1769 von Katharina der Großen gestifteter militärischer Verdienstorden; der drachentötende heilige Georg war das Wappen des Großfürstentums Moskau.

S. 22 Leutnant Wrede … Landgut nicht weit von Riga: Die baltischen Länder Estland, Lettland (mit der Hauptstadt Riga) und Litauen gehörten seit 1721 zum Russischen Reich; die Deutschbalten, seit dem Mittelalter dort ansässig, waren die wirtschaftlich und gesellschaftlich dominierende Bevölkerungsgruppe. Im Friedensvertrag von Brest-Litowsk zwischen dem Deutschen Reich und der bolschewistischen Regierung wurde im März 1918 die Unabhängigkeit der baltischen Länder festgelegt, im November 1918 begann eine Offensive der Roten Armee gegen die baltischen Staaten, die noch von deutschen Truppen besetzt waren. Der estnische Sowjet erklärte die gesamte baltische Aristokratie für rechtlos und ordnete ihre Deportation an. Im Bürgerkrieg standen die meisten Deutschbalten auf Seiten der Weißen und litten unter den Terrormaßnahmen der Roten Armee.

S. 23 Machorka: Billiger russischer Tabak.

S. 24 … die *Lubjanka* oder die *Ochranka* …: Lubjanka, eigentlich der Name eines Platzes im Zentrum von Moskau, wurde gleichbedeutend mit der sich dort befindlichen Zentrale des bolschewistischen Geheimdienstes; die Ochrana – Verkleinerungsform: Ochranka – (von *ochranjat' = beschützen*) war der Geheimdienst des Zarenreichs.

S. 24 … Russland an der Front verraten: Ab Sommer 1917 kam es zu Massendesertationen aus der russischen Armee; die überall gebildeten Soldatenräte, die allerdings nicht, wie Sawinkows Erzähler hier unterstellt, bolschewistisch dominiert waren, riefen zur Beendigung des Krieges auf, im Dezember 1917 kam es zu Massenverbrüderungen von deutschen und russischen Soldaten; es war davon die Rede, dass die sich von der Truppe entfernenden Soldaten im Revolutionsjahr 1917 mit den »Füßen abgestimmt« hätten.

S. 25 *Nennt eine Laus in deinem Hemd …*: Diesen Vierzeiler zitiert der Erzähler George bereits in Boris Sawinkows Roman *Das fahle Pferd* (1909).

S. 26 … ohne die Christus-Erlöser-Kathedrale, ohne Arbat …: Die 1883 fertiggestellte Christus-Erlöser-Kathedrale westlich des Kremls galt als wichtigstes Gotteshaus der russisch-orthodoxen Kirche, 1931 wurde sie auf Befehl Stalins zerstört, 1995 wiederaufgebaut. Der Arbat ist ein Viertel im Zentrum Moskaus, im 15. Jahrhundert war der Arbat der Handelsweg von Smolensk zum Kreml, später siedelten sich dort Händler und Handwerker an, im 19. Jahrhundert errichtete der Adel dort prächtige Stadtpalais. Rund um den Arbat wohnten Dichter wie Puschkin, Lermontow, Gogol, Turgenjew und Bulgakow.

S. 26 *Strastnoj-Kloster*: Leiden-Christi-Kloster am Strastnoj-Boulevard, Mitte des 17. Jahrhunderts erbaut, 1937 zur Erweiterung des Puschkin-Platzes abgerissen.

S. 26 *Auf den Kirchtürmen schimmernde Kreuze, auf dem Schnee knirschende Kufen. Morgens Frost, bemusterte Fenster, im Strastnoj-Kloster wird zur Messe geläutet. Ich liebe diese Stadt. Sie ist mir ans Herz* gewachsen: Wörtliches Zitat aus Boris Sawinkows *Das fahle Pferd*, 6. März.

S. 27 Bobrujsk: Stadt in Weißrussland an der Bjaresina, gehörte seit der 2. Polnischen Teilung 1793 zum Russischen Reich; gegen Ende des 19. Jahrhunderts ließ Zar Nikolaus II. dort eine starke Festungsanlage erbauen; 1919 wurde die Stadt im Polnisch-Sowjetischen Krieg, 1919–21, von polnischen Truppen erobert, im selben Jahr von der Roten Armee zurückgewonnen. Im Westen Russlands (mit Weißrussland und der Ukraine) lag der sogenannte Ansiedlungsrayon, das Gebiet, in dem im Zarenreich Juden leben und arbeiten durften. Bobrujsk war ein Zentrum jüdischer Kultur und hatte 30 Synagogen. Da bei den Weißen die antisemitischen Vorurteile des Zarenreichs vorherrschten – Juden galten u. a. als unpatriotische Unruhestifter, illoyale Drückeberger und Kommunisten (die starke Präsenz von Juden in der bolschewistischen Führung fiel allerdings besonders darum auf, weil Juden vorher keinen Zugang zu politischen Ämtern hatten) –, litt die jüdische Bevölkerung unter Pogromen, denen während des Bürgerkriegs etwa 300 000 Menschen zum Opfer fielen; 1914 betrug der jüdische Bevölkerungsanteil in Bobrujsk 61 Prozent, nach dem Bürgerkrieg im Jahr 1926 nur 42 Prozent.

S. 27 *Um den Frieden der ganzen Welt und das Heil unserer Seelen …*: Aus der orthodoxen Litanei.

S. 28 Ex-Wachtmeister: Ehemaliger Feldwebel der Kavallerie.

S. 30 Petrowski-Park: Der alte Schlosspark am Moskauer Petrowski-Palast mit vielen Landhäusern und Vergnügungslokalen.

S. 35 *Gorelki*: Ein volkstümliches Spiel, bei dem ein junger Mann eine junge Frau fangen muss, oft zum Maitag, abgeleitet vom Verb *goret'*, brennen.

S. 36 *Vom weisen Oleg*: *Das Lied vom weisen Oleg*, eine Ballade von Alexander Puschkin, 1799–1837. Der Stoff stammt aus der Nestor-Chronik (879): Dem Fürsten Oleg wird geweissagt, er werde auf seinem Schlachtross reitend sterben. Von Nikolaj Rimski-Korsakow 1899 vertont.

S. 37 Karrière: Sehr schnelle Gangart eines Pferds, die aus dem Galopp entsteht; das Pferd macht größere und weitere Sprünge, dabei setzt es die Hinterhufe mehr unter sich als beim Galopp. Karrière wird nur auf kurze Distanzen zum stürmenden Angriff geritten.

S. 39 *Himbeersaft* fließt: In Boris Sawinkows *Das fahle Pferd* heißt es an einer Stelle: »Blut fließt wie roter Himbeersaft«, eine Anspielung auf das Drama *Balagančik* (*Die Schaubude*) des symbolistischen Dichters Alexander Blok, 1880–1921, von Meyerhold 1906 in St. Petersburg uraufgeführt, in dem der Pierrot ständig »rot wie Moosbeersaft« ausruft (Ende des 19., Anfang des 20. Jahrhunderts erlebte die Commedia dell'arte in ganz Europa eine Renaissance).

S. 42 Tatschanka: Ein kleiner, von Pferden gezogener Wagen mit aufmontiertem Maschinengewehr.

S. 45 Mikaschewitschi: Kleinstadt in Weißrussland, etwa 260 Kilometer östlich von Brest.

S. 47 Lenin und Trotzki: Die damals führenden Bolschewiken – Lenin, 1870–1924, eigentlich Wladimir Iljitsch Uljanow, Vorsitzender der Bolschewiki-Partei und der aus ihr hervorgegangenen Russischen Kommunistischen Partei, seit 1917 Regierungschef der Russischen Sozialistischen Föderativen Sowjetrepublik, ab 1922 der Union der Sozialistischen Sowjetrepubliken (UdSSR). Er starb nach mehreren Schlaganfällen 1924, sein einbalsamierter Leichnam wurde in einem Mausoleum an der Kreml-Mauer aufgebahrt. Trotzki, 1879–1940, eigentlich Lew Dawidowitsch Bronstein, war nacheinander Volkskommissar für Auswärtiges, Kriegswesen, Ernährung und Transport. Im Oktober 1917 organisierte er die Kampfverbände der Roten Garde, im Frühjahr 1918 baute er die Rote Armee auf und übernahm viele erfahrene Offiziere der Zarenarmee als »Militärspezialisten« – die er von Politkommissaren kontrollieren ließ.

S. 48 Tscheka: »Allrussische Außerordentliche Kommission zur Bekämpfung von Konterrevolution, Sabotage und Spekulation«, der im Dezember 1917 gegründete Staatssicherheitsdienst der bolschewistischen Regierung, der »bewaffnete Arm der

Diktatur des Proletariats«; Mitbegründer und erster Chef der Tscheka war Felix Edmundowitsch Dserschinski, 1877–1926. Zu den weiteren Aufgaben der Tscheka gehörte die Sicherung der Eisenbahnlinien, außerdem hatte sie seit Juli 1918 die Erlaubnis, eigene Konzentrationslager einzurichten, die der Isolierung und Internierung politischer Gegner ohne Gerichtsverfahren und -urteil dienten, zur selben Zeit baute sie ihre Macht in der Armee aus: Sie errichtete eigene Abteilungen (Front- und Armee-Tscheka) und stellte eine eigene kämpfende Truppe auf, die 1920 250 000 Mann stark war. Die nach dem Attentat auf Lenin im September 1918 beschlossenen Maßnahmen des »Roten Terrors« führte die Tscheka mit grausamer Härte aus.

S. 48 *Kommät*: (russisch: *sodkom*) Abkürzung für »Kommissarsmätresse« (*soderžanka komisara*).

S. 51 … *dass auch viele Wasser nicht mögen sie auslöschen …*: Hohelied 8,7 – Denn Liebe ist stark wie der Tod, und ihr Eifer ist fest wie die Hölle. Ihre Glut ist feurig und eine Flamme des Herrn, dass auch viele Wasser nicht mögen die Liebe auslöschen noch die Ströme sie ertränken. Wenn einer alles Gut in seinem Hause um die Liebe geben wollte, so gölte es alles nichts.

S. 52 … *Paris … Japan … Amerika*: Frankreich, Japan und die USA, im Ersten Weltkrieg Verbündete des Zarenreichs, unterstützten die Weiße Armee mit Geld und Truppen; Japan versuchte dabei, Moskau die Herrschaft über Sibirien zu entreißen.

S. 54 … Seine Hoheit den Großfürsten: Nikolaus II. verzichtete am 3. März 1917 auch im Namen seines minderjährigen Sohns Alexej zugunsten seines Bruders Michael auf den Thron, Großfürst Michael lehnte die Krone ab und erklärte, wenn das russische Volk ihn als Zaren haben wolle, könnte es in einer allgemeinen, gleichen, geheimen Wahl darüber bestimmen; im Juni 1918 wurde er noch vor seinem Bruder und dessen Familie erschossen. Michaels Sohn Georgi aus einer morganatischen Ehe war nicht erbberechtigt, daher war Kyrill, ein Enkel von Alexander II., der nächste Thronprätendent, bis zu seinem Tod 1938 nannte er sich »Kaiser im Exil«, nach der Oktoberrevolution floh er über Finnland nach Coburg, die Heimat seiner Gemahlin.

S. 54 … diesen faulen Frieden …: Weil sich die Verhandlungen zum Frieden von Brest-Litowsk hinschleppten, besetzten deutsche Truppen, um Druck auf die russische Seite aufzubauen, weite Gebiete von Estland über Weißrussland, die Ukraine bis zum Don. Erst da forderte Lenin den Rat der Volkskommissare auf, den »Schandfrieden« zu unterschreiben, »um die Weltrevolution zu retten, um ihren einzigen Brückenkopf zu erhalten – die Republik der Sowjets«. Am 3. März 1918 unterzeichneten Russland, das Deutsche Kaiserreich und Österreich-Ungarn den Friedensvertrag, nach dessen Bestimmungen Finnland, die baltischen Staaten, Polen und die Ukraine unabhängig wurden.

S. 54 Husarencornett: Ein Cornett war der jüngste Offizier einer Kavallerieeinheit, egal welcher Gattung – Ulanen, Dragoner, Kürassiere oder Husaren (leichte Reiterei).

S. 54 … bei *Cubat* zu speisen und abends in Pawlowsk …: Das *Cubat* war ein St. Petersburger Luxusrestaurant in der Bolschaja Morskaja 16, unweit des Winterpalasts, eröffnet wurde es 1886 als *Café de Paris*, im Jahr darauf nach seinem Besitzer benannt und im Oktober 1917 geschlossen. Der französische Meisterkoch Jean-Pierre Cubat, 1844–1922, hatte sich auch als Küchenchef der Zaren Alexander II., Alexander III. und Nikolaus II. Ruhm erworben. – Pawlowsk war eine Sommerresidenz der Zaren, etwa 30 Kilometer südlich von St. Petersburg und fünf Kilometer südöstlich von Zarskoje Selo (einer weiteren Residenz), mit einem großen Landschaftspark; vor der Oktoberrevolution war Pawlowsk eine beliebte Sommerfrische mit Kur- und Konzertsälen für die vornehme Petersburger Gesellschaft, der Dichter Ossip Mandelstam nannte es »das russische Halbversailles« (das »russische Versailles« war Peterhof).

S. 54 … bei einer Attacke die ungarische Kavallerie abzuschmettern …: Russische und österreichisch-ungarische Truppen standen sich im August/September 1914 und im Herbst 1915 in Galizien gegenüber, es kam zu verlustreichen Schlachten, 1914 wurde die österreichisch-ungarische Armee entscheidend geschwächt.

S. 56 *Gefilte Fisch*: Kalte Vorspeise, von aschkenasischen Juden meist am Sabbat oder an Festtagen serviert; entweder als ganzer pochierter, gefüllter Fisch oder als Fischfarce (Karpfen, Hecht oder Weißfisch).

S. 57 *Und siehe, ein Weib* …: Bei Lukas 7,37 heißt es: Und siehe, ein Weib war in der Stadt, die war eine Sünderin. Der heilige Kirchenlehrer Johannes Chrysostomus sah in diesem Weib das »alte Rüstzeug des Satans, die mich aus dem Paradiese vertrieben hat, die Mutter der Sünde«.

S. 58 Wir sind mit derselben Myrrhe gesalbt: Russisches Sprichwort, in der russisch-orthodoxen Kirche wird beim Tauf- und beim Sterbesakrament mit Myrrhe gesalbt.

S. 59 *Und das Wort ward Fleisch* …: Johannes 1,14. Und das Wort ward Fleisch und wohnte unter uns, und wir sahen seine Herrlichkeit, eine Herrlichkeit als des eingeborenen Sohnes vom Vater, voller Gnade und Wahrheit.

S. 59 … der neuen Mirabeaus: Honoré Gabriel Victor de Riqueti, Comte de Mirabeau, 1749–91, ein begnadeter Redner, war in den Generalständen zu Beginn der Französischen Revolution trotz seines Adelstitels Abgeordneter und Wortführer des Dritten Standes. Er war maßgeblich an der Abschaffung der Adelsprivilegien und der Einziehung der Kirchengüter beteiligt, setzte sich aber für eine konstitutionelle Monarchie ein; 1790 wurde er Präsident des Jakobinerclubs und musste miterleben, wie sich dessen linker Flügel immer mehr radikalisierte. Das Terrorregime Robespierres erlebte Mirabeau nicht mehr, er starb eines natürlichen Todes.

S. 59 *Welch ein Teufel ritt mich, als Russe geboren zu werden?*: Abgewandeltes Zitat aus einem Brief von Alexander Puschkin vom 18. Mai 1836 an seine Frau Natalia Puschkina: »Mich ritt wohl der Teufel, in Russland geboren zu werden, ausgestattet mit Talent und einer Seele.«

S. 60 *Gottesträgervolk*: In seinem Roman *Die Dämonen*, auch: *Böse Geister*, ließ Fjodor Dostojewski, 1821–81, den Studenten Schatow sagen, das einzige »Gottesträgervolk« sei das russische; Dostojewski kritisierte damit den säkularisierten westlichen Materialismus, denn er verband jedes moralische Handeln untrennbar mit dem christlichen Glauben.

S. 60 *Wir undankbaren feigen Toren / mit eisigem Kastratenherz*: Zitat aus Alexander Puschkins Gedicht *Der Dichter und die Menge (Poet i tolpa)*.

S. 63 *Das Salz ist ein gutes Ding; wo aber das Salz dumm wird, womit wird man's würzen?*: Hier kombiniert Sawinkow Zitate aus zwei Evangelien, bei Lukas 14,34 heißt es: Das Salz ist ein gutes Ding, und weiter (35): Es ist weder auf das Land noch in den Mist nütze, sondern man wird's wegwerfen. Bei Markus 9,50 heißt es: Das Salz ist gut; so aber das Salz dumm wird, womit wird man's würzen? Habt Salz bei euch und habt Frieden untereinander. Bei Matthäus 5,13 beginnt die Passage mit: Ihr seid das Salz der Erde.

S. 63 Heilige Kassian … heilige Nikolaus: Der heilige Kassian wird in vielen russischen Volkslegenden mit Attributen wie »neidisch«, »missgünstig«, »geizig« und »Unglück bringend« belegt, einer Legende zufolge verriet er Gott, indem er den Teufel vor der bevorstehenden Vertreibung aus dem Himmel warnte. Eine andere Legende erzählt von Kassian und Nikolaus: Kassian begegnet auf seinem Weg einem armen Bauern, dessen Karren im Schlamm feststeckt, und verweigert ihm jede Hilfe. Wenig später kommt Nikolaus des Wegs und hilft dem Bauern, seinen Karren aus dem Dreck zu ziehen. Als dann Kassian und Nikolaus in den Himmel auffahren, fragt Gott den Kassian, warum er dem Bauern nicht half, und Kassian antwortet, er habe sich seine Gewänder nicht beschmutzen wollen. Zur Strafe verweigert Gott ihm das jährliche Angedenken und legt seinen Feiertag auf den 29. Februar. Der heilige Nikolaus von Myra wird in den orthodoxen Kirchen Griechenlands und Russlands als Nothelfer und Wundertäter hochverehrt, er ist auch der Schutzpatron Russlands. Der Heiligentag wird in der orthodoxen Kirche am 6. Dezember gefeiert, außerdem wird am 9. Mai der Überführung seiner Reliquien nach Bari und am 29. Juli seiner Geburt gedacht.

S. 63 *Und ich sah, und siehe, ein schwarzes Pferd. Und der daraufsaß, hatte eine Waage in seiner Hand*: Offenbarung 6,5.

II

S. 71 Rschew: Russische Stadt am Oberlauf der Wolga, etwa 200 Kilometer westlich von Moskau, an der Bahnstrecke Moskau–Riga.

S. 73 Hanf: Im Westen Russlands wurde neben Getreide, Lein und Flachs auch viel Hanf angebaut, den man zu Textilien und Seilen verarbeitete.

S. 74 Akulka: Ein volkstümliches Kartenspiel, verloren hat, wer Akulka – eine Koseform von Akulina – also die Pik-Dame behält.

S. 75 Iwan Lukitsch: Lukitsch ist kein Nach-, sondern ein Vatername, der Vater dieses Iwan hieß also Luka.

S. 75 *GZEK*: Das Gesamtrussische Zentrale Exekutivkomitee war seit der Oktoberrevolution 1917 die oberste gesetzgebende und -kontrollierende Behörde.

S. 77 *Und es wurden Stimmen und Donner und Blitze* …: Offenbarung 16,18.

S. 77 Srednjak: Mittelbauer, abgeleitet von *seredina*, Mitte. Der Besitzer eines Stück Landes, von dessen Ertrag er leben kann, das er selbst mit seiner Familie, ohne bezahlte Arbeitskräfte, bestellt.

S. 79 Duchowschtschina: Russische, kleine Kreisstadt, etwa 60 Kilometer nordöstlich von Smolensk.

S. 79 *Herr Ataman*: Als Ataman wird der Anführer der Kosaken oder ein Räuberhauptmann bezeichnet.

S. 79 … eine Milliarde sowjetischer Rubel …: Im Bürgerkrieg gaben sowohl Weiße als auch Bolschewiken eigene Banknoten heraus, ab 1919 gab es sowjetische Rubel, mit denen de facto nur in den bolschewistisch besetzten und verwalteten Gebieten gezahlt werden konnte; weil sehr viel Geld gedruckt wurde, kam es zu einer Hyperinflation. Der »Rubel« war schon seit dem 14. Jahrhundert eine russische Währungseinheit.

S. 83 Kaschtanka: Titelgebender Mischlingshund einer Geschichte von Anton Tschechow, die 1887 erstmals erschien; Kaschtanka reißt aus, landet auf Umwegen in einem Zirkus und wird da von Fedjuschka, dem Sohn seines ersten Besitzers, wiedererkannt.

S. 86 Gub-Tscheka: Tschekabehörde eines Bezirks oder Gouvernements – »Gub«. Um die Arbeit des Geheimdienstes zu optimieren, wurden mehrere regionale Ebenen geschaffen, im August 1918 bestanden 35 Gouvernement-Tschekas und 75 Kreis-Tschekas.

S. 86 Rotbannerorden: Eigentlich Rotbannerkampforden, im September 1918 von der Regierung Sowjetrusslands für außerordentlichen Mut und militärische Verdienste gestiftet.

S. 87 Komintern: Kommunistische Internationale, auf Initiative Lenins 1919 in Moskau gegründeter Zusammenschluss der Kommunistischen Parteien aller Länder zu einer weltweiten Organisation.

S. 88 Landschaftsvertretung: Selbstverwaltungseinheiten auf Kreis- und Gouvernementsebene (russisch *semstwo*), die 1864 im Zarenreich eingeführt und 1918 von den Bolschewiken aufgelöst wurden, sie sollten von Sowjets (Räten) ersetzt werden.

S. 90 Prophet Elias: Nach 2. Könige 2,1–18 wird Elias in einem feurigen Wagen mit feurigen Rossen in einem Sturmwind zum Himmel entrückt. Im Alten Testament kämpft Elias leidenschaftlich für die alleinige Verehrung Jahwes und verfügt über magische Kräfte; auch soll er das Läuterungsgericht Israels einleiten, in einigen Überlieferungen wird er als Vorläufer des »Tag Jahwes« bezeichnet, der »Tag Jahwe« als Völkerkampf interpretiert, Elias gilt auch als dazu bestimmt, am Tag des Gottesgerichts wiederzukehren.

S. 90 Er bekreuzigt sich mit zwei Fingern: Das mit zwei Fingern ausgeführte Kreuzzeichen ist ein typisches Merkmal der Altgläubigen.

S. 91 Wjasma: Westrussische Stadt etwa auf halbem Weg an der Bahnstrecke zwischen Smolensk und Moskau, wichtiger Verkehrs- und damit Versorgungs- und Nachschubknotenpunkt.

S. 91 Ponum: Rotwelsch für »Gesicht«, vom jiddischen *ponim*.

S. 91 … *Söldnern der Entente* …: Vom französischen *entente*, Einvernehmen, Vereinbarung, ursprünglich ein Bündnis von Großbritannien, Frankreich und Russland, im Ersten Weltkrieg Verbündete gegen die Mittelmächte, das Deutsche Reich und Österreich-Ungarn; später wurde der Begriff auf andere Verbündete ausgeweitet, gegen die Mittelmächte kämpften auch die USA und Japan. Nach dem Krieg unterstützten die Entente-Mächte die Weißen, so kämpfte etwa ein amerikanisches Expeditionskorps in Sibirien. Außerdem wurden Freiwilligen-Truppen der weißrussischen, ukrainischen und russischen Anti-Bolschewisten bezahlt und ausgerüstet.

S. 91 *RSFSR*: Russische Sozialistische Föderative Sowjetrepublik, nach der Oktoberrevolution 1917 gegründet.

S. 93 Sokolniki: Ein Bezirk im Osten von Moskau, seit dem 19. Jahrhundert ein Park- und Datschengebiet.

S. 94 Sonderabteilung: Eine Abteilung der Tscheka, die direkt Lenin unterstellt war, sie war für die Errichtung der ersten Konzentrationslager und für die Spionagebekämpfung zuständig.

S. 96 … Rotarmistenmantel. Auf dem Ärmel Rauten …: Die Bolschewisten hatten Schulterstücke und Schulterklappen der Uniformen mit Rangabzeichen abgeschafft; s. a. Anmerkung zu S. 17.

S. 98 Kriegskommissar: Bezeichnung für einen Bataillons- oder Abteilungskommandeur der Roten Armee.

S. 101 *Belkins Erzählungen*: Ein Novellenband (1831) von Alexander Puschkin, die in Deutschland wohl bekannteste Erzählung dieses Bandes ist *Der Postmeister*.

S. 101 Baratynski: Der Puschkin-Freund Jewgenij Baratynski, 1800–44, gilt als ein wichtiger Vertreter der düsteren elegischen Gedankenlyrik.

S. 101 *Aber ach, des Sturmes Raub … Eingehüllt in Wolkenkleid …*: Aus dem Gedicht *Frühgeburt (Nedonosok),* von Jewgenij Baratynski, übertragen von Alexander Nitzberg.

S. 102 Breeches: Am Oberschenkel weit geschnittene, am Unterschenkel eng anliegende Hose, oft als Reithose getragen, abgeleitet vom altenglischen *brēc*, Beinbekleidung.

S. 102 Zweitausendfünfhundert Pfund: Da die Entente-Mächte Großbritannien und Frankreich, die USA (und Japan) die Weißen Armeen im Russischen Bürgerkrieg sowohl mit Truppen wie finanziell unterstützten, wurden in »weißen Gebieten« auch die entsprechenden Währungen angenommen. Vgl. 17. Februar: Iwan Lukitsch holt aus der Tasche eine prallgefüllte Geldbörse. Darin sind lauter Dollar- und Pfundnoten (S. 154).

S. 102 Schmiedebrücke: *Kusnezki Most*, eine Moskauer Straße mit teuren, bis zur Oktoberrevolution vornehmlich französischen Geschäften.

S. 104 Ex-Matrose … nicht *der Stolz der Revolution*: Mit dem Aufstand der Kronstädter Matrosen, die als Erste eine Räterepublik forderten, begann im Februar 1917 die Revolution, Trotzki bezeichnete die Matrosen später als »Ruhm und Stolz der Revolution«. (1921 meuterten die Kronstädter Matrosen erneut – allerdings gegen die Bolschewiken.)

S. 106 *Die Schmach bricht mir mein Herz und kränkt mich … finde keine*: Psalm 69,21.

S. 108 *Man erkennt die Rassepferde …*: Zitat aus dem Gedicht Alexander Puschkins *Nach Anakreon* (*Iz Anakreona,* 1835), übertragen von Alexander Nitzberg.

Man erkennt die Rassepferde
an dem Mal, das eingebrannt,
an der protzigen Gebärde

Männer aus dem Partherland.
Doch der liebende Gefährte
wird von mir am Blick erkannt
voller Flammen und Ergüsse,
voller heimlicher Genüsse.

S. 108 Sowchose: Abgeleitet von *sovetskoe chozjajstvo*, Sowjetwirtschaft, ein landwirtschaftlicher Betrieb im Besitz des Staates, mit Lohnarbeitern; Sowchos-Bauern hatten also kein eigenes Land, obwohl sie sich genau das von der Revolution 1917 erhofft hatten.

S. 108 … Abrikossow oder Siou: Die Genossenschaft A. I. Abrikossow & Söhne war ein im 19. Jahrhundert bekannter Süßwarenhersteller, dem in Moskau zahlreiche Konditoreien und Teestuben gehörten. Siou war eine traditionsreiche Konditorei auf der Twerskaja Straße, die 1855 von dem Franzosen Adolphe Siou gegründet wurde und von 1913–17 den Zarenhof belieferte.

S. 108 Parfum von Brocard: Die vom französischen Parfümeur Henri Brocard, 1839–1900, in Moskau gegründete Firma Brocard & Cie. war Anfang des 20. Jahrhunderts einer der führenden Dufthersteller in Europa; Brocards Nachfolger Auguste Michel kreierte das Parfum »Lieblingsduft der Zarin« anlässlich der 300-Jahr-Feier der Romanow-Herrschaft 1913. Nach der Revolution von 1917 wurde die Firma verstaatlicht und bekam auf Vorschlag Michels, der in Russland blieb, den »zeitgemäßeren« Namen *Nowaja Sarja* (Neues Morgenrot), 1925 ließ er den »Lieblingsduft der Zarin« in »Rotes Moskau« umbenennen.

S. 109 Generalstochter: Möglicherweise eine Anspielung auf das Gedicht *Sie war die Tochter des Generals, ein Titularrat war er …* von Peter Weinberg, 1831–1908, geschrieben 1859 in der damals modischen Heinrich-Heine-Manier. Heine war eine Galionsfigur der liberalen bürgerlichen Literatur (*raznočincy*), die dem aristokratischen Ideal der klassisch-romantischen Schule den Kampf ansagte. So wird im Gedicht der Standesunterschied zwischen einem Titularrat und einem General betont. Alexander Dargomyschski, 1813–69, vertonte das Gedicht zu einem Kunstlied, das in der zweiten Hälfte des 19. Jahrhunderts die

Popularität eines Gassenhauers erlangte. Übertragung von Alexander Nitzberg:
Sie war die Tochter des Generals,
ein Titularrat war er.
Er sagte schüchtern: Ich liebe dich.
Sie sagte: Hinweg dich scher.
Der Titularrat ging hinaus
und zechte und zechte für zehn
und hat die Tochter des Generals
noch lange im Rausch gesehn.

S. 110 … Kirgisen … chinesische Erschießungskommandos: Zu den ethnischen Gruppen des Vielvölkerstaats Russland gehörten seit dem 19. Jahrhundert, als Russland Kirgisistan und Teile Ostsibiriens sowie der Mandschurei vom Reich der Mitte eroberte, auch Kirgisen und Chinesen.

S. 112 … im *Kirschgarten*: Anspielung auf die 1904 uraufgeführte Tragikomödie *Der Kirschgarten (Wischnjowy sad)* von Anton Tschechow, 1860–1904; der Kirschgarten symbolisiert »die gute alte Zeit« des landbesitzenden Adels.

S. 112 Das Volkskommissariat, die Räte, die Konstituierende Versammlung …: Volkskommissariate waren von 1917–46 die zentralen Organe, die für bestimmte Zweige des staatlichen Lebens zuständig waren, sie hatten die Funktion von Ministerien (das Wort »Minister« galt den Bolschewiken als zu bourgeois). Räte (Sowjets) waren basisdemokratische Organe, die ab 1905 entstanden, ab Februar 1917 brachten die Bolschewiken die Sowjets, in denen sie zunächst kaum vertreten waren, unter ihre Kontrolle. Die konstituierende Versammlung wurde im Februar 1917 gebildet, sie sollte über eine Verfassung und eine neue Staatsform Russlands beraten.

S. 112 *Auf zum letzten Gefecht*: Aus dem Refrain der *Internationale* – »Völker hört die Signale / auf zum letzten Gefecht, / die Internationale / erkämpft das Menschenrecht« –, dem bekanntesten Kampflied der sozialistischen Arbeiterbewegung, den ursprünglich französischen Text verfasste Eugène Pottier, ein

Dichter der Pariser Kommune, 1871, die deutsche Nachdichtung schuf Emil Luckhardt 1910, weitere Nachdichtungen stammen von Erich Mühsam (1919) und Erich Weinert (1937 während des Spanischen Bürgerkriegs), die Melodie komponierte der Belgier Pierre Degeyter. *Internationale* bezieht sich auf die Internationale Arbeiterassoziation, den ersten ländergreifenden Zusammenschluss von Arbeiterbewegungen, seit dem 8. Internationalen Sozialistenkongress 1910 in Kopenhagen galt das Lied als »Hymne des Weltproletariats«.

S. 114 Döbel: *Squalius cephalus*, Fisch aus der Familie der Karpfen.

S. 116 *An der sibirischen Front, bei Omsk* ...: Im November 1918 hatte mit Billigung der Alliierten Admiral Koltschak eine »Sibirische Regierung« mit Sitz in Omsk gebildet und sich selbst zum Regenten ernannt, seine Weißen Truppen kämpften mit amerikanischen und japanischen Expeditionskorps gegen die Rote Armee.

S. 118 ... *wir wandelten in Bosheit und Neid, waren verhasst* ...: Titus 3,3. Denn wir waren weiland auch unweise, ungehorsam, verirrt, dienend den Begierden und mancherlei Wollüsten, und wandelten in Bosheit und Neid, waren verhasst und hassten uns untereinander.

S. 118 Buch ... *beschrieben inwendig und auswendig* ...: Offenbarung 5,1. Und ich sah in der rechten Hand des, der auf dem Stuhl saß, ein Buch, beschrieben inwendig und auswendig, versiegelt mit sieben Siegeln.

S. 118 Aber es waren ja auch nicht wir, die gesprochen haben: *Komm!*: Offenbarung 6 (das Buch mit den sieben Siegeln wird geöffnet und die Apokalyptischen Reiter erscheinen). Und ich sah, dass das Lamm der Siegel eines auftat; und hörte der vier Tiere eines sagen wie mit einer Donnerstimme: Komm! 2 Und ich sah, und siehe, ein weißes Pferd. Und der daraufsaß, hatte einen Bogen; und ihm ward gegeben eine Krone, und er zog aus sieghaft, und dass er siegte. 3 Und da es das andere Siegel auftat, hörte ich das andere Tier sagen: Komm! 4 Und es ging heraus ein anderes Pferd, das war rot. Und dem, der daraufsaß, ward gegeben, den Frieden zu nehmen von der Erde und dass sie sich untereinander erwürgten; und ward ihm ein großes Schwert gegeben. 5 Und da es das dritte Siegel auftat, hörte ich das dritte Tier sagen: Komm! Und ich sah, und siehe, ein schwarzes Pferd. Und der daraufsaß, hatte eine Waage in seiner Hand. 6 Und ich hörte eine Stimme unter den vier Tieren sagen: Ein Maß Weizen um einen Groschen und drei Maß Gerste um einen Groschen; und dem Öl und Wein tu kein Leid! Und da es das vierte Siegel auftat, hörte ich die Stimme des vierten Tiers sagen: Komm! 8 Und ich sah, und siehe, ein fahles Pferd. Und der daraufsaß, des Name hieß Tod, und die Hölle folgte ihm nach. Und ihnen ward Macht gegeben, zu töten das vierte Teil auf der Erde mit dem Schwert und Hunger und mit dem Tod und durch die Tiere auf Erden …

S. 118 … das dritte Pferd ist fahl, und der Reiter heißt Tod. Und das vierte Pferd ist schwarz, und der Reiter hält eine Waage in der Hand: In der Offenbarung des Johannes ist das vierte das fahle Pferd, das dritte Pferd ist schwarz, sein Reiter, mit der Waage in der Hand, steht für die (Hungers-)Not.

S. 118 *Herr, du Heiliger und Wahrhaftiger, wie lange richtest du nicht …*: Offenbarung 6,10. Und sie schrieen mit großer Stimme und sprachen: Herr, du Heiliger und Wahrhaftiger, wie lange richtest du nicht und rächest unser Blut an denen, die auf der Erde wohnen?

S. 121 … von dem vierten, dem schwarzen Pferd: Vgl. Anmerkung zu S. 118, oben. Im russischen Original ist vom »vierten« Pferd die Rede, doch in der Offenbarung des Johannes (Offenbarung 6,1–8), ist das dritte Pferd das schwarze Pferd.

S. 122 Barbara, heilige Märtyrerin: Barbara erlitt laut der Legende ein furchtbares Martyrium, bei dem ihr u. a. die Brüste abgeschnitten wurden; sie gehört zu den vierzehn Nothelfern und wird zum Schutz vor jähem Tod angerufen.

S. 122 Sytschowka: Russische Kleinstadt, etwa 230 Kilometer nordöstlich von Smolensk.

S. 125 … die Chinesen foltern mit Hilfe einer Ratte: Während des Russischen Bürgerkriegs entwickelte auch die Tscheka unter direkter Anleitung von Felix Dserschinski grausame Foltermethoden. Dazu soll auch der von George Orwell in *1984* aufgegriffene Rattenkäfig gezählt haben. Demnach pressten Tscheka-Offiziere ein auf einer Seite verschlossenes Rohr mit ausgehungerten Ratten mit dem offenen Ende auf den Körper von Delinquenten. Die panischen Tiere fraßen sich in die Opfer hinein. Es ist nicht endgültig zu klären, ob es sich bei den Berichten über diese Folter um antibolschewistische Propaganda handelte.

S. 127 *… mit hundert schwarzen Augen*: Sawinkow zitiert an dieser Stelle das Gedicht *Der Sand, gestreut bis an die Knie …, (Pesok sypučij po koleni …)* von Fjodor Tjutschew, 1803–73, dessen letzter Vers wiederum an Goethes *Willkommen und Abschied* anklingt mit seinen Zeilen: *Wo Finsternis aus dem Gesträuche / Mit hundert schwarzen Augen sah …*

S. 128 Gschat: Ein Fluss im Smolensker Gebiet.

S. 128 Meschtschowsk: Russische Kleinstadt etwa 85 Kilometer südwestlich von Kaluga.

S. 128 *Ihr sollt euren Feinden nachjagen und sie ergreifen, und nicht umkehren, bis ihr sie umgebracht habt*: Paraphrase des 19. Psalms, Vers 38: Ich will meinen Feinden nachjagen und sie ergreifen, und nicht umkehren, bis ich sie umgebracht habe.

S. 130 drei Divisionen: Etwa 30 000 Soldaten.

III

S. 135 Kunzewo: Eine Stadt westlich von Moskau, südlich der Moskwa, an der Moskau-Minsker-Eisenbahnlinie; Anfang des 20. Jahrhunderts wurde sie zu einer beliebten Sommerfrische, 1960 nach Moskau eingemeindet.

S. 136 We-Tscheka: Die vollständige Abkürzung für »Allrussische Außerordentliche Kommission zur Bekämpfung von Konterrevolution, Sabotage und Spekulation«.

S. 136 Spekulant: In Russland war die Versorgungslage seit 1916 katastrophal, 1918 gab es nur eine kurze Friedensphase, bis im Mai des Jahres der Bürgerkrieg wieder begann, Ackerland wurde verwüstet oder nicht bestellt, weil die Bauern in den Weißen und Roten Armeen kämpften, außerdem kamen aus der unabhängig gewordenen Ukraine, der einstigen »Kornkammer« des Zarenreichs, keine Getreidelieferungen mehr; Spekulanten machten sich die Lebensmittelknappheit zunutze, allerdings wurden auch Händler von den Bolschewiken als »kapitalistische Feinde« und »Spekulanten« bezeichnet und bestraft (am 1. März, S. 170, heißt es im Roman, Iwan Lukitsch handele mit Brot, einem knappen, heiß begehrten Grundnahrungsmittel).

S. 136 *Tag und Nacht habe ich zugebracht in der Tiefe des Meers … Frost und Blöße*: Verkürztes Zitat aus 2. Korinther 11,25–27. Tag und Nacht habe ich zugebracht in der Tiefe des Meers; ich bin oft gereist, ich bin in Gefahr gewesen durch die Flüsse, in Gefahr durch die Mörder, in Gefahr unter den Juden, in Gefahr unter den Heiden, in Gefahr in den Städten, in Gefahr in der Wüste, in Gefahr auf dem Meer, in Gefahr unter den falschen Brüdern; in Mühe und Arbeit, in viel Wachen, in Hunger und Durst, in viel Fasten, in Frost und Blöße …

S. 137 *Wie oft hab ich auf meinen Wegen …*: Zitat aus Alexander Puschkins Versroman *Eugen Onegin* (1833, den der Literaturkritiker Wissarion G. Belinski eine »Enzyklopädie des russischen Lebens« nannte), Kapitel 7, 36, übertragen von Ulrich Busch (aus: Alexander Puschkin, *Eugen Onegin. Roman in Versen*, Verlagsgruppe Random House, Manesse Verlag 1981; mit freundlicher Genehmigung des Verlages).

S. 137 *Vokogewe … Proletkult … Moskbeheizkom … Vokoern*: Volkskommissariat für Gesundheitswesen, Proletarische Organisation für Kulturelle Bildung, Moskauer Beheizungskomitee, Volkskommissariat für Ernährung. Sawinkow spricht hier die bolschewistische Vorliebe für Abkürzungen an.

S. 137 Zwetnoi Boulevard: Teil des Boulevard-Rings um den Moskauer Stadtkern.

S. 141 Pretschistenka: Von Adelspalais und Villen der Finanzaristokratie gesäumte Straße, die den Moskauer Boulevard- mit dem Gartenring verbindet.

S. 141 … *erhebenden Betrug*: Hier greift Sawinkow eine Wendung aus dem 1830 entstandenen Gedicht *Der Held (Geroj)* von Alexander Puschkin auf: »Denn wertvoller als niedre Wahrheit / ist der erhebende Betrug.« Übertragen von Alexander Nitzberg.

S. 142 Strastnoj-Boulevard: Teil des nördlichen Boulevard-Rings um das Moskauer Zentrum.

S. 142 Jungfernfeld: Weiter, länglicher Platz in Moskau, der Name soll aus der Tatarenzeit herrühren, es heißt, dort hätten sich die Jungfrauen versammelt, aus denen die Tataren ihren Tribut aussuchten; im 19. Jahrhundert fanden dort Jahrmärkte statt, um das Feld entstanden Kasernen und Wohnblöcke.

S. 148 *Alle diese Macht will ich dir geben und ihre Herrlichkeit* …: Lukas 4,6–7, der Teufel führt Jesus in Versuchung.

S. 148 … Steine können manchmal zu Brot werden …: Anspielung auf Lukas 4,3: Bist du Gottes Sohn, so sprich zu dem Stein, dass er Brot werde.

S. 148 … es ist möglich, sich fallenzulassen, ohne dass dein Fuß auf einen Stein stößt …: Anspielung auf Lukas 4,9–11: Und er führte ihn gen Jerusalem und stellte ihn auf des Tempels Zinne und sprach zu ihm: Bist du Gottes Sohn, so lass dich von hinnen hinunter denn es steht geschrieben: ›Er wird befehlen seinen Engeln von dir, dass sie dich bewahren und auf den Händen tragen, auf dass du nicht etwa deinen Fuß an einen Stein stößt.‹

S. 151 Einst habe ich gesagt: *Ich will weder Knecht sein noch freier Knecht. Mein Leben ist ein einziger Kampf. Denn ich trinke den Wein, der da lauter eingeschenkt ist.*: Das sagte George, der Protagonist aus Boris Sawinkows Roman *Das fahle Pferd* im Abschnitt »23. September«: Ich will weder Knecht sein noch freier Knecht. Mein Leben ist ein einziger Kampf. Ich kann das Kämpfen unmöglich lassen. In wessen Namen? Ich weiß es nicht. Ich will es so.

Denn ich trinke den Wein, *der da lauter eingeschenkt ist*. – Denn ich trinke den Wein, *der da lauter eingeschenkt ist*: Anspielung auf die Offenbarung 14,9: So jemand das Tier anbetet und sein Bild und nimmt sein Malzeichen an seine Stirn oder an seine Hand, der wird vom Wein des Zorns Gottes trinken, der lauter eingeschenkt ist in seines Zornes Kelch.

S. 151 *Der Verzagten aber und Ungläubigen und Greulichen, deren Teil wird sein in dem Pfuhl, der mit Feuer und Schwefel brennt*: Offenbarung 21,8; der vollständige Vers lautet: Der Verzagten aber und Ungläubigen und Greulichen und Totschläger und Hurer und Zauberer und Abgöttischen und aller Lügner, deren Teil wird sein in dem Pfuhl, der mit Feuer und Schwefel brennt; das ist der andere Tod.

S. 153 *Rat der Volkskommissare*: Der Rat wurde »zur Leitung des Landes« im Oktober 1917 ins Leben gerufen, die Volkskommissare waren de facto Minister, Lenin war der Vorsitzende des Rats, der erste Kommissar für Auswärtiges war Trotzki, der erste Kommissar für Nationalfragen Stalin.

S. 153 Und die *Handschuhe*?: Gemeint ist eine von der Tscheka angewandte Folter, bei der die Haut von den Händen des Opfers abgezogen wird.

S. 153 Den Chef der We-Tscheka: Das war Felix Dserschinski, 1877–1926. Sawinkow war allgemein als Terrorist bekannt, im März 1918 notierte der Schriftsteller Iwan Bunin in sein Tagebuch: »Viele meinen noch immer, Sawinkow würde Lenin umbringen.« Tatsächlich kam Lenin im November 1918 beim Attentat der Sozialrevolutionärin Fanny Kaplan mit dem Leben davon – mit dem Anschlag hatte Sawinkow allerdings nichts zu tun.

S. 154 Darin sind lauter Dollar- und Pfundnoten: Vgl. Anmerkung zu S. 102.

S. 155 Fehlen nur noch die Schulterstücke: Bei den Uniformen der Roten Armee verzichtete man, um den Unterschied zur zarischen und zur Weißen Armee zu betonen, bewusst auf Schulterstücke.

S. 157 Iljinka: Hauptgeschäftsstraße im zentralen Moskauer Stadtviertel Kitai-Gorod, das östlich des Roten Platzes beginnt, bis zu Lubjanka und im Süden bis ans Ufer der Moskwa reicht.

S. 157 Chalat: Langärmlige, mantelartige Seidenrobe, die Männer von Zentralasien bis Nordindien trugen.

S. 157 Kulak: Bezeichnung für einen relativ wohlhabenden Bauern oder Großbauern.

S. 158 Gleichheit von Puschkin und einem Bauern: Alexander Puschkin, 1799–1837, gilt als *der* russische Nationaldichter und eigentliche Begründer der russischen Literatur, er wurde und wird wie ein Heiliger verehrt.

S. 158 Smerdjakow und Karamasow: In Dostojewskis Roman *Die Brüder Karamasow* (1880) ist Pawel Smerdjakow der uneheliche Sohn von Fjodor Karamasow und erschlägt – angestachelt vom Hass seines Halbbruders Iwan – den Vater.

S. 160 *Das alles will ich dir geben …*: Matthäus 4,8–9; Jesu Versuchung: Wiederum führte ihn der Teufel mit sich auf einen sehr hohen Berg und zeigte ihm alle Reiche der Welt und ihre Herrlichkeit und sprach zu ihm: Das alles will ich dir geben, so du niederfällst und mich anbetest.

S. 162 Petrowski-Park: Der Schlosspark am Petrowski-Palast, im Westen des Moskauer Stadtgebiets, mit vielen Sommerhäusern, Restaurants und Vergnügungslokalen, einem Sommertheater und einem Badeteich.

S. 162 Twerskaja: Vollständig Twerskaja Sastawa, Twerskaja Straße, eine herrschaftliche Straße im Zentrum von Moskau, an der u. a. der von Boris Sawinkow ermordete Großfürst Sergej Romanow einen Palast hatte.

S. 164 *Gebt Acht auf den revolutionären Schritt, der rastlose Gegner wacht mit*: Ein Zitat aus Alexander Bloks Revolutionspoem *Die Zwölf (Dvenadcat')*, übersetzt von Alexander Nitzberg. *Die Zwölf* (zwölf Rotgardisten bahnen sich durch Kugelhagel, Schnee und plündernden Pöbel den Weg durch das umkämpfte Petrograd), wohl das berühmteste Gedicht Bloks, entstand 1918, wurde von der sowjetischen Presse gebilligt und in den folgenden Jahren auf zahllosen Veranstaltungen öffentlich vorgetragen.

S. 164 Werst: Altes russisches Längenmaß, etwa 1,067 Kilometer.

S. 166 … *Vorwärts ziehn die Ruhelosen* …: Die Schlussverse aus Alexander Bloks Revolutionspoem *Die Zwölf*, übertragen von Alexander Nitzberg.

S. 166 Lemnos: Nach der Niederlage der Weißen Armee unter dem Kommando von General Wrangel auf der Krim 1920 flohen etwa 80 000 Soldaten und 50 000 Zivilisten nach Konstantinopel, das damals französisch verwaltet war (das Osmanische Reich gehörte als ehemaliger Verbündeter Deutschlands und Österreich-Ungarns zu den Verlierern des Ersten Weltkriegs). Die Franzosen brachten die Flüchtlinge u. a. auf der Insel Lemnos in der Nord-Ägäis unter, wo wegen mangelnder Versorgung Krankheiten und Hunger herrschten.

S. 167 *Friede den Hütten, Krieg den Palästen*: Im Frühjahr 1834 prangerte der Dramatiker Georg Büchner, 1813–37, in seiner Flugschrift *Der Hessische Landbote* die Unterdrückung der Armen durch die Reichen und Mächtigen an und rief zum Umsturz auf: »Friede den Hütten! Krieg den Palästen!« – 1847/48 verfassten Karl Marx und Friedrich Engels das *Kommunistische Manifest*, in dem es u. a. heißt: »Mögen die herrschenden Klassen vor einer kommunistischen Revolution zittern. Die Proletarier haben nichts in ihr zu verlieren als ihre Ketten. Sie haben eine Welt zu gewinnen. Proletarier aller Länder, vereinigt euch!«

S. 170 Gott Zebaoth: Zebaoth ist eine Gottesbezeichnung, die die besondere Mächtigkeit Gottes und seine Majestät zum Ausdruck bringt. Sie geht vermutlich auf das ägyptische Wort für »Thronender« zurück, wurde dann aber vom hebräischen צָבָא, *ṣaba'*, abgeleitet und im Sinne von »Heerscharen, Heeresmacht« verstanden, daher auch »Herr der Heerscharen«.

S. 170 Gehenna: Hölle, nach Ge-Hinnom (Tal Hinnoms) bei Jerusalem, ursprünglich wurden dort Menschenopfer dargebracht.

S. 172 Erlöser-Turm: Haupt-Wachturm des Kremls.

S. 173 Nicht jedes Wort ward lebendiges Fleisch, nicht jedes Wort hat sein Blut vergossen: Johannes 1,14. Und das Wort ward Fleisch und wohnte unter uns, und wir sahen seine Herrlichkeit, eine Herrlichkeit als des eingeborenen Sohnes vom Vater, voller Gnade und Wahrheit. – 4. Mose 35,33. Und schändet das Land nicht, darin ihr wohnet; denn wer blutschuldig ist, der schändet das Land, und das Land kann vom Blut nicht versöhnt werden, das darin vergossen wird, außer durch das Blut des, der es vergossen hat. – Lukas 22,20. Ebenso nahm er auch den Kelch nach dem Mahl und sagte: Dieser Kelch ist der neue Bund in meinem Blut, das *für euch* vergossen wird. – Markus 14,24. Und er sprach zu ihnen: Das ist mein Blut des neuen Testamentes, das für viele vergossen wird. – Matthäus 26,28. Das ist mein Blut des neuen Testaments, welches vergossen wird für viele zur Vergebung der Sünden. – Das Abendmahl verweist u. a. auf 2. Mose 24,8, Bundesschluss am Sinai: Da nahm Mose das Blut und besprengte das Volk damit und sprach: Sehet, das ist das Blut des Bundes, den der Herr mit euch macht über allen diesen Worten.

S. 173 *Meine Lieben und Freunde treten zurück ... ferne*: Psalm 38,12. – *Denn ich bin zu Leiden gemacht ...*: Psalm 38,18.

S. 177 *Iswestja*: »Nachrichten«, Tageszeitung, 1917 als zentrales Partei- und Regierungsorgan gegründet, herausgegeben vom Präsidium des obersten Sowjet.

S. 177 Menschewiken und Sozialrevolutionäre: Die Menschewiken (»Minderheitler«) waren ursprünglich eine Fraktion der Sozialdemokratischen Arbeiterpartei Russlands (SDAPR) und nach deren Spaltung 1903 eine eigene Gruppierung. Sie vertraten im Gegensatz zu den ebenfalls aus der SDAPR hervorgegangenen Bolschewiken (»Mehrheitler«) um Lenin die Ansicht, vor einer Arbeiterrevolution müsse eine bürgerliche Revolution stattfinden, außerdem sollte nicht einer Kader-Partei, sondern den Massen die Führungsrolle in dieser Revolution zukommen. Die Partei der Sozialrevolutionäre war 1902 aus dem Zusammenschluss von verschiedenen Gruppen der Narodniki (Volkstümler) entstanden, im Kampf gegen den Zaren hatte sie auf Terror gesetzt, ihre Kampforganisation, der Boris Sawinkow angehörte, hatte zahlreiche Attentate wie auf den Innenminister von Plehwe (1904) und den Großfürsten Sergej (1905, im *Fahlen Pferd* literarisch verarbeitet) ausgeführt. Nach der Februarrevolution 1917 dominierten Menschewiken und Sozialrevolutionäre die Arbeiter-, Bauern- und Soldatenräte, nach der Oktoberrevolution setzten die Bolschewiken alles daran, sie in ein Ein-Parteien-System zu zwingen.

S. 178 Doch es geschah *ein Erdbeben also groß*: Offenbarung, 16,17–18. Und der siebente Engel goss aus seine Schale in die Luft; und es ging aus eine Stimme vom Himmel aus dem Stuhl, die sprach: Es ist geschehen. Und es wurden Stimmen und Donner und Blitze; und ward ein solches Erdbeben, wie solches nicht gewesen ist, seit Menschen auf Erden gewesen sind, solch Erdbeben also groß.

S. 181 Basilius-Kathedrale: Kathedrale des glückseligen Basilius, eigentlich Mariä-Schutz-und-Fürbitte-Kathedrale am Graben, am Südende des Roten Platzes, eines der Wahrzeichen Moskaus.

S. 181 Kreml … die Mauer, zahllose Gräber …: Ein Teilstück der Kreml-Mauer am Erlöser-Turm wurde zur roten Nekropole, zum Ehrenfriedhof der Sowjetunion; die ersten Gräber waren am Ende der Oktoberrevolution 1917 Massengräber für die Gefallenen des Sturms auf den Kreml, der erste dort bestattete Politiker war Jakow Swerdlow, auf dessen Vorschlag im September 1918 das Dekret zum roten Massenterror »gegen die Bourgeoisie und ihre Agenten« beschlossen wurde; auch das Lenin-Mausoleum und das Grab der deutschen Kommunistin Clara Zetkin sind dort.

S. 185 Der Kreis … Etwa der letzte, wo alle Hoffnung verloren geht?: Anspielung auf Dante Alighieris, 1265–1321, *Divina commedia/ Göttliche Komödie*, deren Hölle aus neun Kreisen besteht, im letzten, untersten Kreis sitzen die Verräter.

S. 186 *He, Genosse, sei nicht schlapp! Knall das heil'ge Russland ab!*: Zitat aus Alexander Bloks Revolutionspoem *Die Zwölf*, übertragen von Alexander Nitzberg.

Dossier zu Boris Sawinkow

Boris Sawinkow in den zwanziger Jahren

Sawinkows letztes Gefecht
Nachwort des Übersetzers

Doch wird der Bruderkrieg noch fortgesetzt,
den ich mit meinem eignen Herzen führ:
Von kruder Leidenschaft vorangehetzt,
entbrennt er stets und dauert für und für …
Und der Versöhnungswunsch bewirkt nur, dass
zwischen uns beiden heißer kocht der Hass.

Edmund Spenser, Amoretti

Als Boris Sawinkow im Jahr 1923 am Roman *Das schwarze Pferd* (*Kon' voronoj*) arbeitet, ist er längst kein literarischer Neuling mehr. Seit beinahe zwanzig Jahren tritt er, neben seiner politischen Tätigkeit, auch immer wieder als Schriftsteller in Erscheinung. Aus seiner Feder stammen die Romane *Das fahle Pferd* (*Kon' blednyj,* 1909) und *Was nicht geschah* (*To čego ne bylo,* 1912), der Memoirenband *Erinnerungen eines Terroristen* (*Vospominaniya terrorista,* abgeschlossen 1909, in einer ersten vollständigen Ausgabe 1917 erschienen) und die gesammelten Kriegsberichte *Frankreich während des Kriegs* (*Francija vo vremja vojny,* 1916–1917). Außerdem schreibt er Gedichte, die posthum veröffentlicht werden.

Von allen, die ihn kennen, wird Sawinkow als eine außergewöhnliche Persönlichkeit beschrieben, als jemand, dessen Dynamik und Kraft sich in allem ausdrückt, was er anpackt – so auch in der Literatur. Und Sawinkow nimmt die literarische Herausforderung sehr ernst. Das Schreiben ist für ihn weit mehr als bloßer Zeitvertreib – besonders in der erzählenden Prosa ist es ihm stets eine Möglichkeit, seine tiefsten, oft quälenden Gedanken in aller Schärfe zu formulieren, um das eigene Tun zu durchleuchten.

Zum Beispiel versucht er im *Fahlen Pferd,* seinem schriftstellerischen Debüt, den Ursachen für den Terror nachzuforschen. Gemeinsam mit dem *alter ego* George durchlebt er hier alle Abgründe des Terrors und verwandelt den Beruf eines Attentäters in eine beinahe messianische Berufung: »Ich bin ein Meister der roten Zunft. Ich will auch in Zukunft mein Handwerk ausüben. Tag für Tag, Stunde für Stunde werde ich Morde ausbrüten. Ich werde alles heimlich beobachten, werde allein vom Tod leben, und einst erstrahlt die berauschende Freude: Es ist vollbracht – ich habe gesiegt. Und so fort bis zum Galgen, bis zum Grab. Die Menschen aber werden mich preisen, laut frohlocken über den Sieg. Was soll mir ihr Zorn, ihr erbärmlicher Jubel? ...« Immer öfter identifiziert sich George mit jenem verheißenen mystischen Reiter aus der Offenbarung des Johannes, dessen Name der Tod ist. Dabei ist ihm der Terror kein politisches Programm, vielmehr ein persönlicher Kampf gegen den gesamten Kosmos – ein gewaltiges Aufbegehren gegen den Lauf der Welt und die menschliche Moral, das in der kühlen und verhaltenen Sprache des Romans umso furchteinflößender wirkt.

Im zweiten Roman *Was nicht geschah* schildert Sawinkow die Revolution als ein Naturereignis, das kein Mensch zu beschleunigen oder zu bremsen vermag. Hier wird auch die Legitimation des Tötens für eine gerechte Sache intensiv hinterfragt. Zwar betrachten die Terroristen ihren eigenen in Kauf genommenen Tod als Sühne für das vergossene Blut. Doch zu ihren verstörendsten Erkenntnissen zählt die Feststellung, dass mit dem eigenen Tod die Schuld noch lange nicht getilgt ist. Immer wieder werden sie von den Gesichtern der Ermordeten verfolgt, die ihnen den Schlaf der Gerechten rauben.

Das brisante Material kann Sawinkow großzügig aus der eigenen Biographie schöpfen, und so manch ein Romancier wäre neidisch auf dieses dramatische Leben, das alle Höhen und Tiefen der menschlichen Psyche kennt. Umso größer erscheint Sawinkows Verdienst, den Stoff mit poetischen Mitteln gebändigt zu haben. Im Gegensatz zu den Memoiren und Frontberichten sind seine Romane und Erzählungen niemals rein dokumentarisch – es sind in erster Linie Sprachschöpfungen und Ausdruck eines gestaltenden Willens. Und auch bei seinen Protagonisten handelt es sich um Kunstfiguren. Natürlich fällt es manches Mal schwer, den Ich-Erzähler aus dem *Fahlen Pferd* von der Person Boris Sawinkow zu trennen, sind doch beide an einem Attentat auf den Moskauer Generalgouverneur beteiligt, doch umso beachtenswerter sind eben die feinen Differenzen. Bewusst überzeichnet der Autor sein *alter ego,* macht George zu einem Antihelden mit ins Dämonische gesteigerten Zügen.

Boris Sawinkow (Mitte), Kerenski und andere Mitglieder der Provisorischen Regierung in der Zarenbibliothek im Winterpalais

Als er 1923 mit dem neuen und letzten Roman *Das schwarze Pferd* beginnt, das in einer Reihe mit den großen Werken der Bürgerkriegsliteratur steht, wie der *Weißen Garde* von Michail Bulgakow, dem *Stillen Don* von Michail Scholochow und der *Reiterarmee* von Isaak Babel, kann er auf ein von zahllosen Paradoxien zerklüftetes Leben zurückblicken: Zunächst als im In- wie im Ausland durchaus bejubelter Cheflogistiker der terroristischen Kampforganisation der Sozialrevolutionäre, dann als sich von der Partei mehr und mehr distanzierender Publizist in Frankreich, dann als stellvertretender Kriegsminister der Provisorischen Regierung unter Alexander Kerenski, dann wiederum als Militärberater der Weißen-Armee-Generäle und zuletzt als Guerilla gegen die Sowjetmacht. Mal das Zarenregime bis aufs Blut bekämpfend, mal scheinbar für die Sache des Altadels und der Gutsherren zu Felde ziehend, mal die grünen Banden anführend. Seiner eigenen Aussage nach, geht es ihm aber auf diesem steinigen und mäandernden Weg immer nur um die Zukunft Russlands und des russischen Volkes. Die Rösselsprünge begreift er nicht so sehr als Verrat an seinen früheren Idealen, sondern als eine permanente Suche nach dem Sinn der Geschichte und seiner eigenen Rolle darin. Naturgemäß muss eine solche Suche voller Widersprüche verlaufen und zahlreiche Krisen überstehen. Eines aber kann sich Sawinkow zugutehalten: Er ist niemals lauwarm, immer entweder kalt oder heiß, immer mit Leib und Seele dabei, ohne Furcht vor dem drohenden Tod.

Und nun, politisch und militärisch abgedrängt, schreibt er in Paris einen Roman, in dem er gewissermaßen sein bisheriges Leben Revue passieren lässt: »Da begann ich die Arbeit am *Schwarzen Pferd*, da ließ ich alle Aktivitäten ruhen, habe mich in ein enges Loch verkrochen und hätte um ein Haar öffentlich verkündet, dass ich jeden weiteren Kampf aufgebe.« (*Schriftliche Aussage* vom 21. August 1924).

Wieder haben wir es mit George zu tun, der diesmal – etwa sechzehn Jahre später – als Oberst der Weißen Garde auftritt. Dass es sich nicht nur um einen Namensvetter, sondern um denselben George handelt, der im *Fahlen Pferd* noch Bomben gegen prominente Vertreter des Zarenreiches wirft, macht der Autor dadurch deutlich, dass er den Anfang des früheren Romans wörtlich im späteren zitiert, wenn sich George an Moskau zurückerinnert: »Auf den Kirchtürmen schimmernde Kreuze, auf dem Schnee knirschende Kufen. Morgens Frost, bemusterte Fenster, im Strastnoj-Kloster wird zur Messe geläutet. Ich liebe diese Stadt. Sie ist mir ans Herz gewachsen.« Wie Sawinkow muss nun dieser George im Krieg die Interessen der hohen Herrschaften verteidigen und das ohne besonderen Enthusiasmus. Zwar gibt er Befehle zum Angriff und Rückzug, zwar lässt er einzelne Gegner hinrichten, doch agiert er beinahe reflexartig, wie in einer seltsamen Lethargie, so als sei das alles nicht seine freie Entscheidung, als sei er selbst nur ein Instrument der Schicksalsmächte.

Wie im *Fahlen Pferd* ist auch hier die Sprache bewusst unterkühlt und distanziert. Nur so können die Ereignisse objektiv betrachtet werden und wirken dadurch umso erschreckender. Und doch scheint in diesem neuen Werk der Erzähler nah dran zu sein, seine eiserne Maske fallenzulassen. Denn diesmal steht nicht er selbst im Mittelpunkt der Handlung, sondern das Volk, dessen Teil er ist. Diesmal geht es ihm nicht um seine persönliche Revolte, sondern um die Frage, auf wessen Seite die Geschichte ist. Auf der Seite der Weißen? Oder der Roten? Oder gar der Grünen – jener vergessenen dritten Kriegspartei, die sich aus der Bauernschaft rekrutiert und basisdemokratische Verhältnisse anstrebt?

Im ersten Teil des Romans befehligt George die Weißen, im zweiten die Grünen und im dritten ist er ein Großstadtpartisan, der aus dem Untergrund heraus Sabotageakte und

Boris Sawinkow (rechts) mit General Kornilow, im August 1917

Morde an sowjetischen Funktionären begeht. Seine Freundin Gruscha ist eine Bäuerin, Olga, seine alte Liebe, ist eine Adelige. Unter seinen engsten Begleitern finden sich Vertreter des einfachen religiösen Volks (Jegorow), der Gutsherren (Wrede) und der neuen Unternehmerklasse (Iwan Lukitsch). Bis auf die Roten, die er zunächst nur als Feinde kennt, ist George also praktisch von den unterschiedlichsten sozialen Schichten umgeben. Im dritten Teil, als sich herausstellt, dass Olga inzwischen Kommunistin geworden ist, bricht schlussendlich auch die marxistische Ideologie in Georges Leben ein – als mächtiger Störfaktor innerhalb der allerpersönlichsten Beziehungssphäre. Und doch scheint der Bürgerkrieg alle auch noch so krassen Unterschiede zwischen den einzelnen Menschen auf eigenartige Weise auszugleichen: Sie alle sind Landsleute und damit Brüder, sie alle suchen ja doch dasselbe – das Wohlergehen ihrer Heimat. Dass sie von jeweils anderen Eckpunkten herkommen, von jeweils anderen Visionen angetrieben werden, ist Ausdruck von Vielstimmigkeit. Wer hat recht? – Jeder auf seine Weise. Und wenn George die Kämpfer als »Doppelgänger der eigenen Feinde« bezeichnet, dann zählen solche Feststellungen zu den Kernsätzen des Romans. Alle haben subjektiv recht, und doch kennt niemand den objektiven Ausgang der Ereignisse, und so sehnen sich alle verzweifelt nach dem apokalyptischen Reiter – diesmal nach jenem auf dem schwarzen Pferd –, der eine *Waage* in seiner Hand hält, was in der russischen Bibelübersetzung mit dem Wort *mera* – das rechte Maß – noch deutlicher wiedergegeben wird.

Die wiederholte Anrufung des apokalyptischen Reiters erzeugt eine metaphysische Ebene, auf der sich – wenn auch durch die Grausamkeit des Kriegs umbrochen – jene Idee entfalten kann, die gemeinhin *sobornost'* genannt wird. Mit diesem für die russische Philosophie so zentralen Begriff ist eine trotz der äußeren Divergenzen erzielte innere Einheit gemeint. Die Idee der *sobornost'* ist auch für Fjodor Dostojewski von größter Wichtigkeit, und mit ihm tritt der Autor ja bereits im *Fahlen Pferd* in Dialog. So wird der Schmerzenschor der ungleichen Stimmen zum Bild einer polyphonen Volksseele, die all diese widersprüchlichen Elemente in sich enthält. Doch während Dostojewski oft Protagonisten wählt, deren Gemüter in der Lage sind, die Gegensätze in sich zu vereinen, entwirft Sawinkow hier die eher negative Gestalt des Fedja Moschenkin (vom Russischen *mošennik:* Gauner, Schlitzohr). Dieses merkwürdige Faktotum, halb sehend, halb blind, halb gesellig, halb blutrünstig, halb übermütig, halb feige, personifiziert die gesamte Paradoxie des Bürgerkriegs. Oder, wie es im Vorwort heißt: »Er bleibt die Verkörperung seiner eigenen Worte: *Als wüssten wir, für wen wir kämpfen* …« Fedja ist somit gewissermaßen die Karikatur der russischen Seele. Und es hat eine gewisse Logik, dass Sawinkow den Roman ursprünglich *Fedja* betiteln will.

Im besagten Vorwort, das der Autor im Inneren Gefängnis

der Lubjanka schreibt, steht, der Roman sei weder biographisch noch fiktiv. So mag der erste Teil des Werks die Eindrücke Sawinkows wiedergeben, die er als Kommandeur des 1. Regiments während des Masyr-Feldzugs im Herbst 1920 sammelt. Der zweite und dritte Teil beruhen wohl hauptsächlich auf den Berichten des Oberst Sergej Pawlowski, der 1921 in der Nähe der polnischen Grenze die grünen Rebellen anführt und später von Sawinkow nach Moskau geschickt wird, wo er 1923 im antisowjetischen Untergrund tätig ist.

Es sollte noch ein Wort über das Verhältnis zwischen den Romanen *Das fahle Pferd* und *Das schwarze Pferd* verloren werden. Wenn die im Pariser Exil lebende symbolistische Dichterin Sinaida Hippius 1943 in ihren Memoiren *Dmitrij Mereschkowski* schreibt: »Hier will ich nur noch erwähnen, dass er später versuchte, als Romanautor sich selbst nachzuahmen. Er schrieb *Das schwarze Pferd* (offenbar war er so sehr von dem ersten Pferd getreten), doch das war schon schwach und unnütz«, dann übersieht die Grande Dame der russischen Exilliteratur die hohe Qualität des letzten Romans wie auch die tiefe Verbundenheit der beiden Werke. *Das schwarze Pferd* ist nicht nur eine abgründige literarische Aufarbeitung des Russischen Bürgerkriegs, sondern auch gleichzeitig eine schlüssige Erwiderung auf *Das fahle Pferd* aus einer veränderten Geschichtsperspektive heraus. Was einst mit dem Terror begann, entwickelt sich nun zur inneren Zerrüttung eines ganzen Volkes, wo unterschiedliche Weltmodelle blutig um die Vorherrschaft ringen, jedes von ihnen gleich aussichtslos und doch auf seine Weise berechtigt. Der erste und der letzte Roman erweisen sich somit als zwei Seiten derselben Medaille und stellen mit aller Eindringlichkeit die Frage nach dem historischen Schicksal Russlands.

Außerdem darf noch auf einen dritten Kurzroman hingewiesen werden, der eine Brücke zwischen den beiden schlägt und dessen baldige Übersetzung geplant ist. Das unbetitelte und praktisch unbekannt gebliebene Werk aus dem Jahr 1913 (es ist bisher ausschließlich in der 5. Ausgabe der Zeitschrift *Znamja* von 1994 veröffentlicht) thematisiert Georges Leben in Nizza und die Dekadenz des russischen Emigrantentums. – Ein wichtiges Psychogramm Sawinkows in der geistigen Isolation, die letztlich zur tragischen Entstehung des *Schwarzen Pferds* führt. Auch Hippius, die Sawinkow gut kennt, schreibt in ihrem Essay *Sawinkows neuer Streich* (*Novaja avantjura Savinkova,* in *Poslednie novosti,* Paris 1924) von Sawinkows Gemütsverfassung: »Wir müssen die roten Publizisten leider enttäuschen. Dank der von uns oben geschilderten Charaktereigenschaften, war Sawinkow innerhalb der Emigration schon immer auf sich gestellt, und im Frühjahr 1923, als alle seine Unternehmungen geplatzt und alle Quellen zu deren Durchführung versiegt sind, als seine Mitstreiter sich in alle Winde zerstreut haben, ist Sawinkow auch buchstäblich allein geblieben. Diese Einsamkeit war für eine derart aktive Natur wie die Sawinkowsche, dieses Fehlen von starken Eindrücken war für die Nerven, die sich an sie gewöhnt haben, schier unerträglich. Und eben dieses Verlorensein, verbunden mit den leidvollen Erfahrungen und dem Resümieren des eigenen Lebens … erzeugte einen besonders nahrhaften Boden …«

Der Roman *Das schwarze Pferd* erscheint zum ersten Mal 1923 / 1924 in Paris in der Edition *Russkaja pečat'* unter Sawinkows Pseudonym *W. Ropschin.* Nur wenige Monate später wird Sawinkow vom sowjetischen Geheimdienst OGPU nach Russland gelockt und im August verhaftet. Es folgt ein vielbeachteter Schauprozess gegen ihn als den Staatsfeind Nr. 1. In der *Schriftlichen Aussage* vom 21. August 1924 erwähnt er *Das schwarze Pferd* als Dokument seiner inneren Zerrissenheit. (Sowohl die *Schriftliche Aussage* als auch das *Schlusswort* Sawinkows in diesem Prozess, die einen Einblick in seine geistige Verfassung gewähren,

Boris Sawinkow vor Gericht (zweiter von links), 1924

sind der vorliegenden deutschen Erstübersetzung des Romans beigefügt.) Am Ende der Verhandlung erklärt Sawinkow seine bedingungslose Kapitulation vor den neuen Machthabern und bietet ihnen eine Zusammenarbeit an, woraufhin sein Todesurteil in eine zehnjährige Haftstrafe umgewandelt wird. Doch erfährt der legendäre Ex-Revolutionär eine bevorzugte Behandlung. In einer aus zwei geräumigen Zimmern bestehenden *Zelle* im Lubjanka-Gebäude fristet Sawinkow das Dasein eines exilierten Grandseigneurs. Er darf dort (auch über Nacht) von seiner Geliebten besucht werden, erhält gute Weine und Cognacs und wird an mehreren Tagen in der Woche in die Oper oder ins Restaurant ausgeführt. Nun kann er sich ganz ungestört – und gegen Autorenhonorar – seiner literarischen Arbeit widmen und verfasst mehrere Erzählungen, die auch gleich veröffentlicht werden. Auch die sowjetische Ausgabe des *Schwarzen Pferds* lässt nicht lange auf sich warten. Sie erscheint – ohne zensorische Eingriffe –, mit einem eigens dafür geschriebenen Vorwort ausgestattet, im Herbst 1924 im Verlag *Priboj* in Leningrad und im Staatsverlag *Gosudarstvennoe izdatel'stvo* in Moskau, erzielt hohe Auflagen und wird stark rezipiert. Am 7. Mai 1925 stürzt sich Sawinkow aus dem Fenster der Lubjanka und stirbt.

Umschlag der 1924 in Moskau erschienenen Ausgabe des Schwarzen Pferds

Allen alternativen Erklärungsversuchen zum Trotz, scheint der Selbstmord nach wie vor die plausibelste Todesursache zu sein. Denn eines kann der Berufsabenteurer ganz gewiss nicht auf Dauer ertragen: Den Mangel an Adrenalin.

Bis heute zählt *Das schwarze Pferd* zu den am meisten gelesenen Büchern Boris Sawinkows und liegt auf Russisch in zahlreichen Publikationen vor. Die nun im Galiani Verlag erscheinende deutsche Erstausgabe dieses Meilensteins der russischen Bürgerkriegsprosa begreift sich als Fortsetzung des im Herbst 2015 initiierten und auf drei Bände angelegten Sawinkow-Projekts, das, neben den drei George-Romanen, Erzählungen und

Gedichte berücksichtigt und diesen vielleicht unbequemsten und schillerndsten Autor der russischen Moderne in all seiner Komplexität wiederentdecken will.

Alexander Nitzberg
Wien, November 2016

Verwendete Ausgaben:

Der Roman:
V. Ropšin (B. Savinkov): Kon' voronoj, Moskau 1989, Reprint der Ausgabe von 1924, *Izdatel'stvo Priboj,* Leningrad / *Gosudarstvennoe izdatel'stvo,* Moskau

Der dokumentarische Anhang:
Pis'mennoe pokazanie Borisa Savinkova, dannoe im 21. avgusta 1924 goda und *Zaključitel'noe slovo Savinkova,* in: Boris Savinkov: *Vospominanija terrorista,* hrsg. von V. Čerkasov-Georgievskij, Moskau 2013, Verlag: *PROZA i K*

Verlag und Übersetzer danken dem Manesse Verlag in der Verlagsgruppe Random House für die freundliche Abdruckgenehmigung der Zeilen aus Ulrich Buschs Übertragung von Alexander Puschkins *Eugen Onegin.*

Boris Sawinkows schriftliche Aussage vom 21. August 1924 im gegen ihn angestrengten Prozess[1]

Ich, Boris Sawinkow, ehemals Mitglied der Kampforganisation der PSR[2], ein Freund und Genosse Jegor Sasonows und Iwan Kaljajews[3], Mittäter am Mord an Plehwe und dem Großfürsten Sergej Alexandrowitsch, Mittäter an zahlreichen weiteren terroristischen Aktivitäten, ein Mann, der zeit seines Lebens allein für das Volk und in seinem Namen gearbeitet hat, werde nun von der Arbeiter- und Bauernschaft beschuldigt, mit der

1 21. August 1924: Boris Sawinkow hatte am 15. August, von Tscheka-Agenten zurückgelockt, die russische Grenze überschritten und war nach wenigen Stunden festgenommen worden.

2 PSR: Partei der Sozialrevolutionäre, 1901 gegründet, im Jahr darauf wurde die Kampforganisation ins Leben gerufen, die in den Folgejahren für eine Vielzahl von Attentaten auf Repräsentanten des Zarenregimes verantwortlich war. Zu den Parteigründern gehörte auch Alexander Kerenski, 1881–1970, der nach der Februarrevolution 1917 die Provisorische Regierung leitete.

3 Jegor Sasonow und Iwan Kaljajew: Jegor Sasonow, 1879–1910, war im Juli 1904 am Attentat der Kampforganisation der PSR auf Innenminister Wjatscheslaw Konstantinowitsch von Plehwe beteiligt, er wurde verletzt, verhaftet und zu lebenslanger Zwangsarbeit verurteilt. Im Lager nahm er sich das Leben. Iwan Kaljajew, 1877–1905, Modell für die Figur des Wanja im *Fahlen Pferd,* ebenfalls Mitglied der Kampforganisation, tötete im Februar 1905 den Generalgouverneur von Moskau, Großfürst Sergej Alexandrowitsch Romanow, einen Onkel des Zaren Nikolaus II. Kaljajew wurde sofort nach dem Attentat verhaftet und nach einem kurzen Prozess zum Tode verurteilt.

Waffe in der Hand gegen die russischen Arbeiter und Bauern gekämpft zu haben. Wie konnte es dazu kommen?

Ich habe bereits gesagt, dass ich zeit meines Lebens allein für das Volk und in seinem Namen gearbeitet habe. Ich habe das Recht, hinzuzufügen, dass ich niemals und unter keinen Umständen die Interessen der Bourgeoisie oder persönliche Ziele verfolgt hätte. Ich habe Russland geliebt, war dem russischen Arbeitervolk treu ergeben, natürlich war ich nicht unfehlbar, und doch handelte ich stets nach bestem Wissen und Gewissen. Ich war und bin nach wie vor ein Revolutionär und Demokrat.

Gegen die Kommunisten habe ich mich aus unterschiedlichen Gründen gewandt. Erstens, war ich meiner Überzeugung nach ein – wenn auch schlechter – Sozialrevolutionär und in Folge dessen verpflichtet, die Verfassungsgebende Versammlung zu verteidigen; zweitens, dachte ich, ein vorzeitig geschlossener Frieden sei verheerend für Russland[4]; drittens, schien mir, dass, wenn wir Demokraten nicht die Kommunisten bekämpfen, die Monarchisten erneut an die Macht kommen; viertens, wer hätte 1917 mit Gewissheit sagen können, dass sich die russischen Arbeiter und Bauern massenhaft der

4 … die Verfassungsgebende Versammlung zu verteidigen … ein vorzeitig geschlossener Frieden …: Russland hatte als einziges Land in Europa bis 1906 keine Verfassung, nach den Aufständen 1905 hatte sich der Zar genötigt gesehen, ein Reichsgrundgesetz zu erlassen, das allerdings nur seine Autokratie bestätigte. Die Verfassungsgebende Versammlung war nach der Februarrevolution 1917 eingesetzt worden, um über die zukünftige Staatsform und Verfassung zu beraten, die Bolschewiken hatten sie nach der Oktoberrevolution aufgelöst. Einige führende Bolschewiken befürworteten einen Friedensvertrag mit Deutschland, der nach zähen innerparteilichen Auseinandersetzungen und langwierigen Verhandlungen mit den Vertretern des Deutschen Reichs im März 1918 in Brest-Litowsk geschlossen wurde, siehe auch Anmerkungen zum Roman S. 193 u. 198.

RKP[5] anschließen würden? ... Ich teilte die verbreitete Auffassung, der Oktoberumsturz sei nichts anderes als die Machtergreifung einer Handvoll wagemutiger Menschen, eine Machtergreifung, die allein der Schwäche und Unvernunft Kerenskis geschuldet war. Die Zukunft sollte mir zeigen, dass ich in jedem Punkt unrecht hatte: Die Verfassungsgebende Versammlung erwies sich als vollkommen nichtig; einen Frieden mit Deutschland hätte jede einigermaßen mit Weitsicht ausgerüstete Staatsmacht geschlossen; die Kommunisten haben die Monarchisten auf ganzer Linie besiegt und damit jede Art von Restauration unmöglich gemacht; schließlich – und das ist das Entscheidende – wurde die RKP von der russischen Arbeiter- und Bauernschaft unterstützt oder, anders gesagt – vom russischen Volk. Alle Gründe, zu den Waffen zu greifen, sind also für mich entfallen. Was blieb, waren rein ideologische Meinungsverschiedenheiten: Die Internationale oder die Heimat? Die Diktatur des Proletariats oder die Freiheit? Aber wegen bloßer Meinungsverschiedenheiten erhebt man kein Schwert und wird nicht zu Feinden ... Leider erkannte ich die Wahrheit erst im Zuge des Kampfs und nicht schon zuvor. Mein Kampf gegen die Kommunisten lehrte mich vieles – jeder Tag brachte Enttäuschungen mit sich, jeder Tag erschütterte meinen Glauben an die Richtigkeit meines Weges, und jeder Tag bestärkte mich in dem Gedanken, dass, wenn die Mehrheit der russischen Arbeiter- und Bauernschaft den Kommunisten folgt, auch ich mich als Russe ihrem Willen fügen muss,

5 RKP: Russische Kommunistische Partei, hervorgegangen aus der 1898 in Minsk gegründeten marxistischen Sozialdemokratischen Arbeiterpartei Russlands (SDAPR), die sich 1903 in Menschewiken und Bolschewiken spaltete, da Lenin von den Parteimitgliedern forderte, sie sollten aktive Revolutionäre sein (und die Menschewiken das ablehnten). 1918 wurde sie in Kommunistische Partei Russlands umbenannt, aus der später die Kommunistische Partei der Sowjetunion hervorging.

ganz gleich wie dieser ausfällt … Aber ich bin ein Revolutionär. Das heißt, ich akzeptiere nicht nur sämtliche mögliche Kampfmittel, bis hin zu terroristischen Anschlägen, sondern kämpfe auch bis zum bitteren Ende, bis zu jener letzten Sekunde, in welcher ich entweder falle oder den eigenen Fehler eingestehe. Hätte ich ihn vor sechs, fünf, vier, ja, drei Jahren eingestehen können, als die Waagschale noch wankte und es noch gestattet war zu glauben, dass die Mehrheit des russischen Volks gegen die Kommunistische Partei und die Internationale sei?

Ich bin kein Verbrecher, ich bin ein Kriegsgefangener. Ich habe Krieg geführt und wurde besiegt. Ich habe den Mut, dies offen zu sagen, ich habe den Mut, offen zu sagen, dass mein langer, erbitterter und vor keinem Mittel zurückschreckender Kampf auf Leben und Tod vergeblich war. Und wenn das so ist, dann bedeutet das nur: Das russische Volk ist nicht mit uns, sondern mit der RKP. Und ich kann es nur noch einmal wiederholen: Ob das russische Volk nun gut oder schlecht ist, ob es irrt oder recht hat – ich als Russe habe mich nach ihm zu richten. Urteilt also über mich, wie ihr wollt.

Was ist gewesen? Am Don – Intrigen, kleine Eitelkeiten, Alexejew[6]-, Kornilowtruppen[7], die Hoffnung auf die Bourgeoi-

---

6 Alexejew: Michail Wassiljewitsch Alexejew, 1857–1918, General der zarisch-russischen Armee, von 1915–17 Generalstabschef, nach der Februarrevolution Höchstkommandierender. Nach der Oktoberrevolution der Bolschewiken sammelte er Truppen um sich und zog nach Süden in die Don-Region, wo er mit Billigung der Donkosaken die Weiße Armee aufstellte. Alle antibolschewistischen Kräfte versammelten sich zunächst um ihn. Im Oktober 1918 starb er an einem Herzinfarkt.

7 Kornilow: Lawr Georgijewitsch Kornilow, 1870–1918, General der zarisch-russischen Armee, im Sommer 1917 Oberbefehlshaber der russischen Truppen. Im Juli 1917 ging er in Petrograd gegen einen Aufstand der Bolschewiken vor, der einen Sturz der Provisorischen Regierung zum Ziel hatte, und wurde beschuldigt, selbst einen Putschversuch zu unternehmen. Boris Sawinkow wurde eine große Nähe zu Kornilow nachgesagt, er habe eine Militärdiktatur als bestes Mittel für den Sieg der Revolution

sie, ein verbohrtes Nichtverstehenwollen der Lage, Misstrauen jedem Demokraten gegenüber und ein heimliches *Gott erhalte den Zaren.* Ich spreche natürlich von den *Oberen* … Ich verließ das Don-Gebiet, vom Gedanken vergiftet, dass *der Fisch vom Kopf her stinkt.* Dann Jaroslawl.[8] Ein heldenhaftes, aber ganz unnötiges Treiben. Dann … die Franzosen. Damals sollte ich zum ersten Mal bemerken, wie die Ausländer uns wahrnehmen … Dann Kasan[9], die Sozialrevolutionäre, laute Phrasen, Willenlosigkeit, Leichtsinn, Stümperei und Kleinmut. Und wieder *stinkt der Fisch vom Kopf her.* Dann Paris, als Vertreter von Koltschak.[10] Und natürlich das gleiche Bild, dieselben

---

angesehen, weil ihm Kerenski zu halbherzig vorging. Kornilow wurde jedoch verhaftet, nach der Oktoberrevolution freigelassen und setzte sich an den Don ab, wo er zum Befehlshaber der Weißen Armee avancierte. Er befürwortete den Terror: »Selbst wenn wir halb Russland niederbrennen und das Blut von drei Vierteln der Bevölkerung vergießen müssen, wir werden es tun, wenn es zu Russlands Rettung notwendig sein sollte.« Bei der Belagerung Jekaterinodars (seit 1920 Krasnodar, etwa 1200 Kilometer südlich von Moskau, zwischen Krim und Kaspischem Meer gelegen) fiel er im April 1918.

8 Jaroslawl: Im August 1918 hatte Sawinkow Truppen gesammelt, um das von den Bolschewiken beherrschte Gebiet von Jaroslawl, etwa 280 Kilometer nordöstlich von Moskau, zurückzuerobern, gleichzeitig sollten englische und französische Truppen bei Archangelsk gegen die Rote Armee vorrücken, dazu kam es aber nicht und Sawinkows Offensive scheiterte.

9 Kasan: Nach der gescheiterten Jaroslawl-Offensive floh Sawinkow nach Kasan, 800 Kilometer südöstlich von Moskau, wo er sich der Tschechoslowakischen Legion (einem ursprünglich in Frankreich, Italien und Russland aufgestellten Kampfverband, der auf Seiten der Entente kämpfte und sich im Russischen Bürgerkrieg auf die Seite der Weißen stellte) anschloss und mit ihr nach Sibirien zog.

10 Paris … Koltschak: Der ehemals zarische Admiral Alexander Koltschak, 1874–1920, gründete nach der Oktoberrevolution in Omsk die »Sibirische Regierung«, die wie andere Weiße Gruppierungen eigene Vertreter zu den Versailler Friedensverhandlungen schickte: Sawinkow ging 1919 nach Paris (der britische Premierminister und Verhandlungsführer David Lloyd George gehörte wie etwa Winston Churchill und William

Intrigen, derselbe Leichtsinn, dieselbe Verbohrtheit, dieselben lauten Phrasen und … falschen Nachrichten aus Sibirien. Ich war verzweifelt. Immer noch dachte ich, die Kommunisten seien diejenigen, die die Macht unrechtmäßig an sich gerissen haben und das russische Volk stünde nicht hinter ihnen. Den Grund unseres Scheiterns sah ich allein in der Unfähigkeit der *Weißen*, oder vielmehr ihrer *Oberen*. Aber mich erwartete eine noch größere Enttäuschung. Ich rede von Warschau. Auf der einen Seite Balachowitsch, auf der anderen Glasenapp und Permikin[11], *Exzellenzen* und goldene Epauletten. Und gleich daneben der polnische Stab. Dem möchte ich gleich vorausschicken: Es ist lächerlich, mich für einen Spion zu halten. Kann jemand wie ich Spion sein?[12] Ich habe eine große Sache geleitet und dafür eine Basis gesucht. Und eine Basis ist untrennbar mit einem Stab verbunden. Ich wusste freilich von

---

Somerset Maugham zu den Bewunderern des ehemaligen Terroristen: »Seine Anschläge waren immer sorgfältig geplant und ein voller Erfolg.«)

11 Warschau … Balachowitsch … Glasenapp … Permikin: Boris Sawinkow hatte mit Hilfe des polnischen Generalstabs und finanziell von Frankreich unterstützt Truppen aufgestellt, mit denen er 1919–20 während des Polnisch-Sowjetischen Kriegs gegen die Rote Armee kämpfte. Nach dem Polnisch-Sowjetischen Waffenstillstand im November 1920 verbündete er sich in Polen mit Stanislau Bulak-Balachowitsch, 1883–1940, einem antibolschewistischen weißrussischen General, Peter Wladimir von Glasenapp, 1882–1951, einem ehemaligen Offizier der Zarenarmee und späteren Kommandeur der Weißen Nordwest-Armee (um Pskow) und Boris Sergejewitsch Permikin, 1890–1971, einem ehemaligen Offizier der zarischen Armee und späteren General der Weißen Armee in der Region Pskow und in Estland. Gemeinsam befehligten sie etwa 15 000 Mann, die Vorstöße nach Weißrussland und in den Westen Russlands unternahmen.

12 … Spion sein: Boris Sawinkow hatte tatsächlich enge Kontakte zum britischen Geheimdienst, auch zum britischen Meisterspion Sidney Reilly und zum britischen Botschafter in Russland Robert Bruce Lockhart; Reilly und Lockhart planten 1918, führende Bolschewiken zu ermorden. Außerdem hatte er engen Kontakt zum polnischen Geheimdienst, dem er auch Informationen aus Russland lieferte.

keinen Details, das wäre auch physisch gar nicht möglich gewesen, da ich vom Morgen bis zum Abend mit allerlei Aufgaben beschäftigt war. Ich tat das, was alle Weißen taten, die auf die Hilfe der Ausländer zählten. Denn ohne ihre Hilfe wäre für uns ein Kampf schlicht unmöglich gewesen.

In anderen Worten: Balachowitsch, Permikin und der Stab, zerstrittene Generäle, die Intrigen Wrangels[13], ständiger Diebstahl, das ewige *Den-Kopf-in-den-Sand-Stecken,* das Beamtentum etc. etc. und diesmal nicht allein bei den *Oberen.* Dieser trübe Brei hat auch einige ehrliche und aufrichtige Menschen verschluckt. Das alles war mir zutiefst verleidet. Um diejenigen, die an mich geglaubt haben, nicht zu hintergehen, verpflichtete ich mich als Soldat bei Balachowitsch und zog an die Front. Mein Gewissen fand einen kleinen Trost: Ich teilte das Schicksal der einfachen Leute.

Dann der Grenzübergang. Nach dem Überqueren der Grenze zurück nach Polen, zog ich die Bilanz der Weißen Bewegung. Eine höchst unerfreuliche Bilanz. Aber auch sie brachte mich nicht davon ab, weiterhin fest daran zu glauben, die Kommunisten seien bloß Usurpatoren. Ich sagte mir, man müsse nur einen anderen Weg wählen. Daraus entstanden dann die *Grünen* und die *Union* – ein Versuch des echten Bauernwiderstands.[14] Ich spreche bewusst von einem *Ver-*

---

13 Wrangel: Pjotr Nikolajewitsch Wrangel, 1878–1928; der ehemalige Offizier der zarischen Armee befehligte die Weiße Armee im Süden Russlands und operierte von der Krim aus. Er nahm diplomatische Beziehungen zu den Regierungen der unabhängig gewordenen Staaten wie Polen und der Ukraine auf. Im November 1920 evakuierte er seine Truppen, die letzte stehende Weiße Armee auf russischem Boden, sowie Zivilisten mit über 100 Schiffen über das Schwarze Meer.

14 Daraus entstanden dann die *Grünen* und die *Union* …: Nach dem Polnisch-Sowjetischen Friedensvertrag wurde Boris Sawinkow auf Druck der sowjetischen Regierung im Oktober 1921 aus Polen ausgewiesen, er schloss sich den Grünen, den gegen die Rote Armee kämpfenden Bauern an, zu

such, denn als eine wirkliche Bewegung lässt sich das Ergebnis wohl nicht bezeichnen. Ich konnte unmöglich von Warschau aus die *Grünen* anführen. Ich konnte allein Befehle schreiben. Also schrieb ich sie. Wurden sie befolgt? – Nein. Statt Disziplin herrschte meistens Zügellosigkeit, statt eines ideologischen Kampfes Ganoventum, statt koordinierten Handelns sporadische und nutzlose Einzelauftritte. Es war, als würde eine Maus gegen einen Elefanten kämpfen. Aber selbst da habe ich noch immer nicht begriffen, dass das Volk nicht mit uns, vielmehr mit der RKP ist; und auch da blieb ich ein Revolutionär und habe den Kampf nicht aufgegeben. Warum nicht? – Weil ich immer noch glaubte, die Kommunisten seien den russischen Arbeitern und Bauern fremd und das russische Volk könne sich zwar nicht, aber wolle sich von ihnen befreien. Ich wusste nicht, dass es 1924 eine Million Komsomolzen geben würde …

Die *weiße* Tragödie, die *grüne* Tragödie. Die *weiße* Enttäuschung, die *grüne* Enttäuschung. Was blieb mir zu tun? – Ein drittes und letztes Kampfmittel zu gebrauchen – zur Untergrundarbeit zurückzukehren, also kehrte ich zu ihr zurück. Irgendwie ging die Sache voran, solange ich in Warschau war. Tatsächlich nur *irgendwie* und immer erfolglos. Dermaßen er-

---

denen er bereits zuvor enge Kontakte geknüpft hatte. Am 24.12.1921 hielt Winston Churchill in einem Brief an den britischen Außenminister Lord Curzon fest: »Die Bolschewiken sind überzeugt, dass Sawinkow die Grünen Kampfverbände, die sich überall im Land gegen sie erheben, repräsentiert, zum Leben erweckt und kontrolliert. Die Grünen operieren mit ähnlichen Methoden wie [die irische Untergrundorganisation] Sinn Fein … und der Sympathie der großen Masse der russischen Bauern …« – Die von Sawinkow gegründete »Union zur Verteidigung des Vaterlands und der Freiheit«, mit Hauptquartier in Warschau, hielt die Verbindung zu den Entente-Mächten, organisierte die Finanzierung und Aufstellung von antibolschewistischen Truppen, schickte eigene Spione nach Sowjet-Russland und teilte ihre Erkenntnisse u. a.mit dem polnischen Geheimdienst. Im August 1921 berichtete die *Iswestja* von einem Prozess gegen 44 Sawinkow-Agenten.

folglos, dass sich mir 1923 eine furchtbare Frage stellte: Da kämpfe ich also fünf Jahre lang. Dabei wurde ich immer und überall ausnahmslos geschlagen. Warum? Nur deshalb, weil die Emigration verkümmerte, die Sozialrevolutionäre untätig waren und die Generäle weder etwas gelernt haben, noch anderen etwas beibringen konnten? Nur deshalb, weil es unter uns kaum noch überzeugte und entschlossene Männer gab, bloß Schwätzer, Schurken und Halbschurken? Nur deshalb, weil wir mittellos waren und über keine Basis verfügten? Nur deshalb, weil wir nicht geeint waren? Nur deshalb, weil unser Programm unvollkommen war? Oder und vor allem deshalb, weil die Kommunisten von den russischen Arbeitern und Bauern, also vom russischen Volk unterstützt wurden?

Und zum ersten Mal gab ich mir die Antwort: *Ja, ich habe mich geirrt; die Kommunisten sind keine Usurpatoren, sondern eine legitime Staatsmacht, die beim russischen Volk Anerkennung findet. Das russische Volk hat sie im Bürgerkrieg und auch im Krieg gegen uns unterstützt. Was tun? – Sich dem Volke fügen.* Da begann ich die Arbeit am *Schwarzen Pferd,* da ließ ich alle Aktivitäten ruhen, habe mich in ein enges Loch verkrochen und hätte um ein Haar öffentlich verkündet, dass ich jeden weiteren Kampf aufgebe. Ich weiß, es fällt schwer, dem Glauben zu schenken, und doch hat sich alles genau so abgespielt.

Boris Sawinkows Schlusswort vom 27. August 1924 im gegen ihn angestrengten Prozess[15]

Bürger Richter! Ich kenne euer Urteil bereits im Voraus. Ich kümmere mich nicht um mein Leben, ich fürchte mich nicht vor dem Tod. Ihr habt während der Verhandlung gesehen, dass ich weder versucht habe, mich der Verantwortung zu entziehen noch sie jemand anderem anzuhängen. Nein, ich habe meine über die Maßen große unabsichtliche Schuld gegenüber dem russischen Volk, gegenüber den Bauern und Arbeitern eingesehen. Ich sage *unabsichtliche Schuld,* weil ich niemals wissentlich schuldig war. Es gab keinen Tag, keine Stunde, keine Minute, es gab keine solchen Umstände, da ich eigene Ziele verfolgt oder im Interesse der besitzenden Klassen gehandelt hätte. Nein, es gab keine solche Minute in meinem Leben. Immer und unter al-

15 Boris Sawinkows Schlusswort im Prozess: Die *Iswestja* berichtete am 29. August von der Verhaftung Sawinkows und vom Prozess. Die Presse in Paris, London und Berlin griff die Meldung sofort auf. Sawinkow wurde trotz seiner Beteuerungen, er kämpfe nicht mehr gegen die Bolschewiken, zum Tode verurteilt, wenige Tage nach der Urteilsverkündung wurde die Strafe in zehn Jahre Haft abgemildert. Im Gefängnis der Lubjanka durfte Sawinkow Besuch von seiner Geliebten empfangen, ihm waren, natürlich in Begleitung von Wachen, Ausflüge in die Stadt und ins Theater erlaubt. Die sowjetische Regierung lud ausländische Journalisten ein, sich ein Bild von den Haftbedingungen zu machen, eine französische Zeitung berichtete, seine Zelle sei mit blauer Seide tapeziert. Am 7. Mai 1925 stürzte Sawinkow aus dem fünften Stock des Gefängnisses in den Tod, am 12. Mai war in der *Iswestja* zu lesen, er habe Selbstmord begangen.

len Umständen wurde ich, selbst wenn ich mich irrte, nur von einem geleitet: Von der großen Liebe zu meinem Volk.

Ich sage: Ich kenne euer Urteil bereits im Voraus und habe keine Angst vor dem Tod, und eben weil ich euer Urteil kenne und keine Angst vor dem Tod habe, nehme ich mir die Freiheit zu reden, ich habe das Recht und die Pflicht, aufrichtig und fest, klar und endgültig alles auszusprechen, was ich denke, auf dass es alle hören, die Ohren haben. Wie konnte es passieren, dass ich, Boris Sawinkow, ein Freund und Genosse von Iwan Kaljajew und Jegor Sasonow, ihr Mitstreiter, ein Mann, der während der Zarenzeit an zahllosen Anschlägen beteiligt war, am Mord am Großfürsten Sergej und an Plehwe – wie konnte es passieren, dass ich hier auf der Anklagebank sitze und ihr Vertreter des russischen Volkes mich in seinem Namen, im Namen der Arbeiter und Bauern, anklagt – und wessen? Meiner Schuld gegenüber den Arbeitern und Bauern.

Ich sehe noch vor mir: Ein Sommermorgen. Petrograd. Ismajlowski-Prospekt. Staubiges Pflaster. Auf den Steinen liegt ausgestreckt Sasonow, verwundet und blutend. Und ich stehe über ihm. Daneben die zerfetzte Kutsche Plehwes, und ein Polizist, dem der Unterkiefer zuckt, nähert sich mir – in meiner Hand ein Revolver. Ich sehe noch vor mir: Moskau. Der Kreml. Es ist Winter. Es schneit. Ich küsse Kaljajew auf die Lippen, zwei Minuten später ertönt eine Explosion, und der Großfürst Sergej ist tot. Und wieder sehe ich: Moskau. Die Frühlingssonne. Ein Platz. Und wieder eine Explosion. Dubassow[16] verwundet. Und dann sehe ich: Das ferne Glasgow. Das russische Schiff *Rjurik*[17], der Matrose Awdejew – er ist jetzt wahr-

---

16 Dubassow: Admiral Fjodor W. Dubassow, 1845–1912, leitete 1905 Strafaktionen gegen aufständische Bauern und ließ als Generalgouverneur von Moskau Arbeiter und Barrikadenkämpfer während des Dezemberaufstands niederschießen, beim Attentat 1906 wurde er nur verwundet.

17 *Rjurik:* Ein Panzerkreuzer, der auf der englischen Vickers-Werft für die

scheinlich mit euch – und gemeinsam beraten wir, wo er mich am besten im Maschinenraum versteckt, und es kommt zu einer Parade vor dem Zaren auf der *Rjurik,* und es kommt zu einer Explosion. Aber nein, es gibt keine Explosion, weil es Jewno Asef[18] gibt. Ich sehe die Festung von Sewastopol[19] und ein eisernes Gitter, genau wie jetzt. Und vor meiner Tür steht eine Wache und mir droht die Todesstrafe, ich sehe es vor mir, so als wäre es heute. Wie war ich damals glücklich, als ich im Gefängnis saß. Von welchem Stolz war mein Herz erfüllt. Ich wusste das ganze russische Volk, alle Arbeiter und Bauern auf meiner Seite, und dass es keinen russischen Menschen gibt, der meiner nicht gedächte, wenn ich sterbe. Und froh und stolz stand ich vor meinen Richtern. Es gelang ihnen nicht, mich zu hängen. Ich konnte fliehen. Jetzt sitze ich im Gefängnis mit einem ganz anderen sehr großen und sehr dunklen Gefühl. Ich frage mich, ob die russischen Bauern mein Leben verstehen werden,

---

russische Kriegsmarine gebaut worden war, er sollte 1906 bei seiner Ankunft im russischen Kronstadt vom Zaren getauft werden. Sawinkow besprach ein mögliches Attentat mit Kampfgenossen, ließ sich aber nicht an Bord des Schiffes schmuggeln. Den beiden Matrosen, die den Zaren erschießen sollten, versagten dann die Nerven.

18 Jewno Asef: 1869–1918, einer der Mitbegründer der Sozialrevolutionären Partei und seit 1903 der Chef von deren bewaffnetem Arm, der Kampforganisation. Er war allerdings bereits seit 1893 ein bezahlter Spitzel und *agent provocateur* des zarischen Geheimdienstes Ochrana. Auch über den geplanten Anschlag auf den Zaren während der Schiffstaufe hatte er wohl die Geheimpolizei informiert.1908 wurde er vor ein Ehrengericht der Partei gestellt, das Zentralkomitee verurteilte ihn zum Tode, doch er konnte fliehen und ließ sich als Geschäftsmann in Berlin nieder.

19 Festung von Sewastopol: Nach dem Attentat 1906 auf Generalleutnant Nepljuew, den Kommandanten der Festung Sewastopol auf der Krim, bei dem mehrere Menschen starben, Nepljuew aber überlebte, wurde Boris Sawinkow, der an diesem Anschlag nicht direkt beteiligt war, in Sewastopol verhaftet. Mit der Hilfe von Kampfgenossen konnte er aus der Festung entkommen. Er floh über das Schwarze Meer und Rumänien in die Schweiz.

ob die russischen Arbeiter mein Leben verstehen werden, ob sie verstehen werden, dass meine Schuld unbeabsichtigt war, dass ich mich verirrt habe? Es ist schwer, mit einem solchen Gefühl zu sterben. Wie konnte es geschehen, Bürger Richter, dass ich mich gegen euch gewandt habe, gegen die Roten, gegen die Arbeiter- und Bauernschaft? Wie konnte das geschehen?

Also hört euch mein Leben an, vielleicht wird dann einiges sehr viel klarer. Aus welcher Familie stamme ich? Aus einer revolutionären. Mein Vater war ein Staatsbeamter, der zur Zarenzeit wegen seiner revolutionären Gesinnung entlassen wurde.[20] Von solchen Beamten gab es nur wenige. Mein ältester Bruder[21] starb in Sibirien, in der Verbannung, zur Zarenzeit. Und ich? Schon in meinem achtzehnten Lebensjahr war ich im Gefängnis und wurde als junger, sehr junger Mann auf den ersten Ruf hin zu einem Terroristen. Meine ganze Jugend verbrachte ich in der Kampforganisation.[22] Was bedeutet das? Das bedeutet ein Leben unter einer Glasglocke. Das bedeutet, außer unseren Leuten habe ich niemanden gesehen. Strengste Geheimhaltung war oberstes Gebot. Ich kannte die Massen nicht, ich kannte das Volk nicht, ich kannte die Bauern und die Arbeiter nicht. Ich liebte sie. Ich war bereit, mein Leben für sie zu riskieren, und habe es oft genug getan. Doch ihre Interessen, ihre wahren Wünsche, woher sollte ich sie kennen?

Ich lebte unter einer Glasglocke – ohne Namen, ohne Haus, ohne Familie, jeden Augenblick in Gefahr. So lebte ich lange,

---

20 Mein Vater …: Boris Sawinkows Vater war Staatsanwalt im damals russischen Warschau, wegen seiner liberalen Ansichten wurde er aus dem Staatsdienst entlassen.

21 Mein ältester Bruder …: Der wegen seiner politischen Aktivitäten nach Sibirien verbannte Alexander Sawinkow beging 1904 Selbstmord.

22 Kampforganisation: Die im Untergrund arbeitende Kampforganisation der Partei der Sozialrevolutionäre, Sawinkow war deren »General des Terrors«, der Chefplaner.

bis 1911. Dann folgte die Emigration.[23] Was ist das, die Emigration? Es ist genauso eine Glasglocke. Was sah ich und wie sah ich es? Habe ich Russland gesehen? Habe ich das russische Volk gesehen? Nein, ich habe fremde Menschen gesehen, ein fremdes Volk, ein mir fremdes Volk. Und so blieb und wuchs und wurde noch inniger meine Liebe zu meinem Volk. Der Krieg fand mich in der Emigration. Sobald die Berichte über die Revolution eintrafen[24], reiste ich mit dem ersten Dampfer nach Russland, ohne auch nur das Geringste über das Land zu wissen. Die Kampforganisation und das Emigrantenleben waren meine einzige Erfahrung.

Und als dann euer Umsturz kam, stellte ich mich gegen euch.[25] Das war der entscheidende Fehler, das war die entscheidende Verirrung. War ich allein in solch einer Lage? Und woher rührt diese Verirrung? – Das werde ich euch sagen: Es gab da einen Vorfall, vielleicht keinen wichtigen und dennoch einen, der mich euch auf der Stelle entfremdete. Ja, ich habe ihn in mir ausgelöscht und mich auch niemals an euch gerächt, nein, niemals in meinem Kampf hätte er je eine Rolle gespielt, aber ihr werdet es verstehen, wenn ich sage, dass er mich euch auf der Stelle entfremdete, eine Kluft zwischen uns aufbrechen ließ. Hier nun der Vorfall: Meine Schwester, meine ältere Schwester war mit einem Offizier verheiratet. Es war dies der

---

23 Emigration: 1909, nach dem Asef-Skandal, siehe Anmerkung zu S. 242, wurde die Kampforganisation aufgelöst und Sawinkow ging nach Frankreich ins Exil.

24 Sobald die Berichte über die Revolution eintrafen: Nach Ausbruch des Ersten Weltkriegs wurde Sawinkow Kriegsberichterstatter der französischen Armee, wie viele Revolutionäre, so auch Lenin und Trotzki, kehrte er nach der Februarrevolution 1917 auf dem schnellsten Weg nach Russland zurück.

25 Und als dann euer Umsturz kam, stellte ich mich gegen euch: Oktober 1917, Zeitzeugen berichteten, wie Sawinkow verzweifelt den Sturm auf das Petersburger Winterpalais zu verhindern versuchte.

einzige Offizier der Petersburger Garnison, der am 9. Januar 1905[26] den Befehl, auf die Arbeiter zu schießen, verweigert hatte. Ihr erinnert euch doch noch an diesen Tag, als die Arbeiter zum Winterpalais marschierten. Nun, er war der einzige Offizier, der damals den Schießbefehl verweigert hatte. Er war der Ehemann meiner Schwester. Gleich am ersten Tag habt ihr ihn erschossen und ein wenig später auch sie … Ich wiederhole: Niemals während meines Kampfs gegen euch habe ich daran zurückgedacht und mich von Rache für meine damaligen bitteren persönlichen Erfahrungen leiten lassen, aber bereits seit den ersten Tagen lag zwischen uns eine tiefe Kluft. Es war mir psychologisch nicht möglich, über diese zwei Leichen zu schreiten. Also wandte ich mich gegen euch.

Und hier sind die vier Gründe, die vier Hauptgründe. Selbstverständlich war es nicht euer kommunistisches Programm, das mich zögern ließ. Weder habe ich jemals die Besitzenden verteidigt, noch jemals selbst etwas besessen. Nein, etwas anderes löste in mir Bedenken aus, etwas anderes hat mich gegen euch aufgebracht, wegen etwas anderem wurde ich euer Feind. Zunächst einmal wegen der Verfassungsgebenden Versammlung.[27] Heute wirkt es naiv, wenn ich davon spreche, aber es war ja das Jahr 1917. Denn wofür hatte ich bis 1917 gekämpft? Für den Traum von der Verfassungsgebenden Versammlung.

Allein darin lag der Ansporn, lag der Sinn meines Lebens. Die gänzliche Bedeutungslosigkeit dieser Versammlung sollte schon sehr bald zu Tage treten, und ich sah ein: Ihr hattet recht gehabt. Damit fiel der erste Punkt weg. Aber es gab noch einen

26 9. Januar 1905: Der Petersburger Blutsonntag, an diesem Tag wurde eine friedliche Arbeiterprozession auf dem Weg zum Zaren brutal zerschlagen und niedergeschossen.

27 Verfassungsgebende Versammlung: siehe Anmerkungen zur Schriftlichen Aussage, S. 232.

zweiten Punkt – den Friedensvertrag von Brest-Litowsk.[28] Ich kann nur wiederholt berichten, in welch einem Zustand ich damals nach Russland gekommen bin: Ich hatte die Kriegsjahre in Frankreich verbracht und stand ganz unter dem Einfluss der französischen, nicht der russischen Kriegspsychologie. Die Beendigung des Krieges war für mich unannehmbar, der bloße Gedanke daran unerträglich. Ja, recht schnell sollte ich erkennen – und zwar nicht erst jetzt, seit ich hier sitze –, dass ihr auch in diesem Punkt recht hattet: Jede vernünftige Regierung hätte da Frieden geschlossen; aber damals war ich gegen euch eingestellt und konnte das nicht einsehen. Es gab noch einen dritten höchst wichtigen Punkt. Hierbei teilte ich einen allgemein verbreiteten Irrtum: Die Bolschewiken übernehmen die Macht nur für eine kurze Zeit und werden von den Monarchisten abgelöst.[29] Die Bolschewiken werden für die Monarchisten den Weg ebnen und wieder wird das kommen, wogegen ich mein Leben lang gekämpft habe, wieder wird jenes Verhasste kommen, das im Februar gestürzt wurde. Auch dieser dritte Punkt sollte schon sehr bald wegfallen, nicht nach ein paar Tagen, nicht nach einem Monat, aber dennoch ganz und gar. Natürlich ist das euer großes Verdienst, dass ihr den Monarchismus ein für alle Mal zerschlagen und die Rückkehr zum alten System unmöglich gemacht habt. Doch habe ich das erst später bemerkt. Damals, als ich noch gegen euch kämpfte, konnte ich das nicht erkennen. Bleibt nur noch der letzte vierte Punkt, der für mich bedeutungsvollste Punkt.

---

28 Friedensvertrag von Brest-Litowsk: siehe Anmerkungen zum Roman, S. 193 u. 198.

29 Die Bolschewiken übernehmen die Macht nur für eine kurze Zeit …: Viele sahen das ähnlich, denn im Rückblick auf das 19. Jahrhundert schien jedem Kampf um die bürgerlichen Rechte und Freiheiten eine Phase der Restauration monarchischer Macht und der Restriktionen zu folgen, 1830, 1848, 1870.

Über diesen vierten Punkt habe ich mir ständig den Kopf zerbrochen, dieser vierte Punkt ließ mich nicht in Ruhe, dieser vierte Punkt zog sich durch meinen gesamten Kampf gegen euch. Dieser vierte Punkt sah so aus: Die Roten sind nur Usurpatoren, das Volk – die Bauern- und die Arbeiterschaft – will sie nicht. Und solange ich glaubte, dass das Volk – die Bauern- und die Arbeiterschaft – gegen euch ist, solange sah ich es als meine Pflicht an, euch zu bekämpfen.

Und nun, ihr Bürger Richter, erzähle ich euch, wie auch dieser vierte Punkt wegfiel. Ich habe meine Aussagen bereits gemacht und nichts vor euch zurückgehalten. Was war also? Zuerst – der Don[30], die Generäle, das heimliche *Gott erhalte den Zaren,* Gerüchte, Intrigen, Gutsherren, Bourgeoisie – der Ursprung der *Weißen Bewegung,* jener Ursprung, von dem ich gesprochen habe, jenes Bajonett, mit dem ein Offizier den General Alexejew bedroht hatte. Also, der Don und die erste tiefe und schmerzlich empfundene Enttäuschung, freilich noch nicht analysiert, dann Jaroslawl – jener fruchtlose und blutige Versuch – und die Franzosen. Weiter – Kasan, das dortige Kerenski-Gefolge, Kleinmut, Verwirrung, hohl klingende Worte ... Dann – Koltschak mit allem, was unter ihm geschah und auch tunlichst verschwiegen wurde. Dann bin ich in Paris und vertrete ihn. Und wieder das Beamtentum, Neid und Gerüchte, Gerüchte und Schweigen und Gleichgültigkeit dem Volk gegenüber. Dann Warschau, der Feldzug von Permikin und Balachowitsch, alles, wovon ich berichtet habe und was mich nachts nicht schlafen ließ. Und mit jedem neuen Tag wuchs die leidvolle Gewissheit: Ja, ich habe mich offenbar geirrt. Und immer wieder die Ausländer, die Ausländer, die Ausländer, wieder und wieder die Ausländer. Und immer wieder

30 Zuerst – der Don ...: Zu den Stationen des Kampfes gegen die Bolschewiken siehe Anmerkungen zur *Schriftlichen Aussage* S. 231–239.

die Ahnung, dass ich, ein Russe, der seine Heimat über alles liebt, in den Händen von Ausländern bin, denen sie überaus verhasst ist.

Und so näherte ich mich langsam, Schritt für Schritt, jener für mich so schrecklichen Erkenntnis: Was, wenn ich mich geirrt habe? Was, wenn das Volk – die Bauern- und die Arbeiterschaft – tatsächlich auf *deren* Seite ist? ... Es kann doch nicht sein, dass alle Versuche scheitern, nur weil unser Programm noch nicht ganz ausgearbeitet ist? Oder weil wir taktische Fehler begehen? Oder weil jemand Befehle nicht ausführt oder unaufmerksam ist? Das können doch unmöglich die Ursachen sein ... Auch bei den Roten herrscht ja Chaos und doch siegen sie über uns und nicht wir über sie. Es muss eine tiefere Ursache geben, welche all die Niederlagen erklärt ... Wo ist sie denn und worin besteht sie? Ich sage euch: Ich strengte mich an, ich suchte nach der Lösung, kam ihr näher und ... wagte es doch nicht, sie anzunehmen. Ich habe bereits ausgesagt: Dieser Balachowitsch-Feldzug, das Gewehr auf dem Rücken, hat mich seelisch verletzt, hat mich tödlich verwundet, so sehr, dass die darauf folgende Grüne Bewegung – jene Grüne Bewegung, die am Ende zur Hälfte aus Banditen, zur Hälfte aus Spionen bestand[31] – wie auch jeder weitere schwache Versuch einer Untergrundarbeit nur noch Todeskrämpfe, nur noch rein reflexartige Handlungen waren. Ja, es war unmöglich für mich – einen Mann, der als Revolutionär geboren ist, der niemals auf halber Strecke stehenbleibt, der sich nicht wie ein Beamter beurlauben lässt, der bis zum Ende gehen muss, der nur dann seinen Fehler eingestehen kann, wenn er zutiefst, bis auf den Grund seines Gewissens, davon überzeugt ist, auf keinen Fall früher. Und all meine leidvollen blutigen Erfahrun-

31 Grüne Bewegung: siehe Anmerkungen S. 190, 237 u. 238; auf Seiten der Weißen wie der Grünen waren auch ausländische Agenten tätig.

gen führten unausweichlich dazu, dass ich mir die Frage stellen musste, dass ich mich der Frage stellen musste: Was, wenn die Bauern und die Arbeiter auf deren Seite sind? Was ist dann? Und wer bin dann ich, der ich mich gegen mein Volk wende?

Dieser Gedanke war unerträglich. Und ich habe schon zu Protokoll gegeben, dass mir im Sommer 1923 die Lage im Grunde klar wurde. Ich habe mich bereits von allen Aktivitäten mehr oder weniger zurückgezogen, ich saß nunmehr in der Ecke und überdachte immer und immer wieder mein Leben, meinen Kampf gegen euch, und es schwebte mir vor, das Richtige wäre, mich an den Schreibtisch zu begeben und ein Papier abzufassen, dass ich aus den und den Gründen meinen Kampf gegen die Roten aufgebe. Ja, ein solches Papier abzufassen, wäre etwas Gewaltiges gewesen, denn, wie ich schon sagte, die Welt ist in zwei Teile aufgespalten: Ihr steht für ein neues Leben, und das alte Leben steht gegen euch. Es ist undenkbar, passiv zu bleiben und das Geschehen von außen zu beobachten. Man kann nur für oder gegen euch sein, aber niemals unbeteiligt. Den Kampf gegen euch aufzugeben, das besagte Papier freiwillig 1923 in Paris abzufassen, würde heißen – schon am nächsten Tag vor euch zu treten und zu sagen: Nur wer bereut, dem wird verziehen. Ich rede jetzt von meinen Gedanken, die mir nicht gerade erst gekommen sind, da ich unter Arrest stehe und auf mein Urteil warte. Wären sie mir gerade erst gekommen, da ich unter Arrest stehe und auf mein Urteil warte, dann wären sie wertlos. Nein, sie besitzen im Gegenteil Wert, weil ich sie mir frei erkämpft habe, weil sie erlitten sind – kein bloßes Buchwissen, sondern Erlebtes …

Ein Gedanke ließ mich nicht in Ruhe – ich habe bereits davon gesprochen – ich sagte mir: Du musst um jeden Preis und um jedes Risiko nach Russland reisen. Du kannst unmöglich in Paris bleiben und dort ewig untätig sein. Ich hätte ja an verschiedenen Sitzungen und Komitees teilnehmen können und die entscheidende Frage über das russische Leben, über die russische Revolution in hohlen Phrasen abhandeln. Aber ich wollte es nicht tun, und ich sagte mir: Es komme, was mag, ich werde in meine Heimat fahren, ich werde mein geliebtes Volk sehen, ich will mit meinen eigenen Augen und mit meinen eigenen Ohren wahrnehmen, was dort vor sich geht, und mich dann entscheiden … Ich wusste nicht, wie ich mich entscheiden würde, doch es durfte nicht in Paris geschehen. Und nun sage ich euch, und ich habe das Recht und die Pflicht, es euch zu sagen … Und ich sage euch: Ich habe es nicht erst heute oder gestern begriffen, sondern vor mehr als einem Jahr. Also urteilt über mich, wie ihr wollt, und tut mit mir, was ihr wollt. Aber ich sage euch: Nach einem langen und blutigen Kampf gegen euch, in dem ich vielleicht mehr getan habe als manch ein anderer, komme ich her und verkünde in Freiheit, ohne Zwang, ohne Angst vor den Gewehren, die mir im Rücken sind: Ich nehme ohne Wenn und Aber die Sowjetmacht an – und nur sie allein. Und jedem Russen, jedem Menschen, der seine Heimat liebt, sage ich, der ich diesen blutigen und schwierigen Kampf gegen euch geführt und euch wie kein anderer abgelehnt habe: Bist du ein Russe und liebst du dein Land und dein Volk, dann beuge dich der Sowjetmacht und nimm sie an – ohne Wenn und Aber.

Ja, das sage ich. Und es ist mein Recht, das zu sagen, weil ich euch berichtet habe, wie ich dazu gekommen bin. Was kann ich dem noch hinzufügen? Nichts, es ist alles bereits gesagt. Vielleicht nur noch dies: Ihr werdet über mich euer Urteil sprechen. Ich bitte um keinerlei Nachsicht, aber – möge euer revolutionäres Gewissen euch daran erinnern, dass vor euch ein ehrlicher Mann steht, der nie nach persönlichem Gewinn trachtete und der mehr als ein- oder zwei- oder zehnmal seinen Kopf in die Schlinge steckte – aus Liebe zum russischen Arbeitervolk, und der ihm seine Jugend opferte. Möge euer revolutionärer Wille euch daran erinnern: Um euch das zu sagen, was ich, Boris Sawinkow, euch hier und heute gesagt habe, nämlich dass ich ohne Wenn und Aber die Sowjetmacht annehme, musste ich, Boris Sawinkow, weit mehr erleiden als das, wozu ihr mich heute verurteilen werdet.

Einige Zeitzeugen über Boris Sawinkow

»Ich habe Sawinkow immer für einen großen Mann und einen großen russischen Patrioten gehalten, trotz der schrecklichen Methoden, mit denen man ihn in Verbindung brachte.«

Winston Churchill in einem Brief
an den britischen Spion Sidney Reilly vom 5.9.1924

»Ein großer Zeitgenosse. (...) Boris Sawinkow hatte sein ganzes Leben in der Konspiration zugebracht. Ohne Religion, wie die Kirchen sie lehren; ohne Moral, wie die Menschen sie vorschreiben; ohne Zuhause und Vaterland; ohne Frau und Kind, ohne Bekannte und Verwandte; ohne Freund; ohne Furcht; Jäger und Gejagter; unerbittlich, unbesiegbar, allein. Er hatte indessen seinen Trost gefunden. Er war erfüllt von einer Aufgabe. Er hatte sein Leben in den Dienst einer Sache gestellt, in den Dienst der Freiheit des russischen Volkes. Es gab nichts, was er für diese Sache nicht gewagt oder auf sich genommen hätte. Und dabei verfügte er nicht einmal über den Ansporn des Fanatismus. Er vereinigte in sich merkwürdige Gegensätze – ein Terrorist mit gemäßigten Zielen. Er wollte eine vernünftige, aufgeklärte Politik – das parlamentarische System Englands, die französischen Grundbesitzverhältnisse – durchsetzen, wenn nötig auch mit Dynamit und unter Einsatz des Lebens.

Zunächst führte er, oft eigenhändig, Krieg gegen die kaiserlich-russische Krone. Später dann bekämpfte er, ebenfalls oft eigenhändig, die bolschewistische Revolution. Für ihn kam im Zaren und in Lenin das Gleiche, nur auf unterschiedliche Weise zum Ausdruck, die gleiche Tyrannei, nur in einem anderen Aufzug, die gleiche Barriere auf dem Weg zur russischen Freiheit. Gegen diese Barriere aus Bajonetten, Polizisten, Spitzeln, Gefängniswärtern und Henkern stritt er unermüdlich. Ein schweres Los, ein unausweichliches Schicksal, ein furchtbares Verhängnis! Alles wäre ihm erspart geblieben, wenn er in Großbritannien, in Frankreich, in den Vereinigten Staaten, Skandinavien, in der Schweiz zur Welt gekommen wäre. Hundert glückliche Karrieren hätten ihm offen gestanden. Aber in Russland, mit einem solchen Verstand, mit einer solchen Willenskraft, wurde sein Leben zur Folter, die in einem qualvollen Tod gipfelte. Inmitten dieser Nöte, Gefahren und Verbrechen legte er die Weisheit eines Staatsmannes an den Tag, die Qualitäten eines Feldherrn, den Mut eines Helden und die Geduld eines Märtyrers.«

Winston Churchill, in *Great Contemporaries*

»Er ist ein Mörder. Ich wundere mich, dass ich mit ihm arbeite. Aber was soll man machen? Er ist ein überaus fähiger Mann, äußerst begabt und voller Entschlusskraft. Keiner ist so gut wie er.«

Sergej Dimitrijewitsch Sasonow,
ehemaliger Außenminister des Zaren

»Sawinkow. (…) Ich hatte noch nie einen so fesselnden Gesprächspartner gehört. Er war ernst, wenn das Thema Ernst verlangte, und humorvoll, sobald sich eine Gelegenheit bot; seine Ausführungen wirkten so vernünftig, dass man unweigerlich davon berührt wurde; er besaß große Überredungskunst, aber die Zielbewusstheit seiner Äußerungen und die eindrucksvolle Zurückhaltung ließen einen entschlossenen

Willen vermuten, der seine Unbarmherzigkeit begreiflich machte. Kein anderer Mensch hatte bisher so tiefes Zutrauen in mir erweckt. Sawinkow hat mir erzählt, wie die russischen Truppen bei Tarnapol die Flucht ergriffen. Er eilte zu Kornilow, dem Befehlshaber. Dieser befahl mit unbewegter Miene: ›Erschießen.‹ Ich merkte an der Art, wie Sawinkow diese Geschichte erzählte, dass er von Kornilows Haltung begeistert war, dass er sie teilte. (…)Vor der Revolution war er der Anführer der Terroristen. Die Bombenattentate auf Plehwe und den Großfürsten Sergej wurden von ihm geplant und ausgeführt. Während die Polizei ihn verfolgte, lebte er zwei Jahre lang mit britischem Pass. Schließlich wurde er in einem Hotel gefangen genommen (…) Ich fragte Sawinkow, was er bei seiner Verhaftung empfunden habe – ob er nicht von großer Angst erfüllt gewesen sei. ›Nein‹, erwiderte er, ›denn ich wusste ja, dass man mich früher oder später unweigerlich erwischen müsste, und als der Augenblick kam, fühlte ich seltsamerweise geradezu Erleichterung. Sie müssen bedenken, dass ich lange in großer Anspannung gelebt hatte und völlig erschöpft war. Mein erster Gedanke war ungefähr: Jetzt werde ich mich endlich ausruhen können.‹ (…) Ich sagte, es habe sicherlich großen Mut gebraucht, um die Bombenanschläge vorzubereiten und auszuführen. Er zuckte die Achseln. ›Durchaus nicht, das kann ich Ihnen versichern‹, erwiderte er. ›Es ist eine Tätigkeit wie irgendeine andere auch, man gewöhnt sich daran.‹ (…)

Sawinkow trank in einem Wirtshaus ein Glas Tee, als ein Bauer zu ihm trat und fragte: ›Wo kann ich Gott finden?‹ Er war mehr als angeheitert. Sawinkow betrachtete ihn ernst, aber mit lächelnden Augen. ›In deinem Herz, Bruder‹, antwortete er. Der Bauer schwieg eine Weile, während die Antwort in sein benebeltes Hirn eindrang. ›Was soll ich mit meinem Leben anfangen?‹, fragte er dann. (…) ›Du bist stark und gesund. Tu die Arbeit, auf die du dich verstehst, und folge im Übrigen deinen Neigungen. Einen andern Rat weiß ich nicht.‹ Der Bauer stand stämmig auf seinen Füßen und heftete seine sanften, guten Augen auf Sawinkow. Er rieb sich den Bart; dann verneigte er sich tief und ging langsam fort.«

William Somerset Maugham

»Für mich persönlich war das wichtigste Ergebnis der Tagung der Südfront die Bekanntschaft mit Sawinkow … Der Eindruck, den der Autor des *Fahlen Pferds,* eines Buches, das mich seinerzeit tief ergriff, auf mich gemacht hatte, war so groß, dass ich sofort beschloss, bei ihm zu bleiben und mit ihm zu arbeiten … Besonders gut kam Sawinkow bei der Ausübung seiner kommissarischen Aufgaben seine angeborene Tapferkeit zustatten, die, wie ich mich überzeugte, ihren tiefsten Grund in einem beinahe wollüstigen Genuss jeglicher Todesgefahr hatte. ›Man blickt in den Abgrund‹, schreibt er in seinen Briefen aus dem Felde, ›es wird einem schwindlig, und doch fühlt man die Sehnsucht, in den Abgrund zu stürzen, obwohl man weiß, dass dies den sicheren Tod bedeutet.‹ Mehr als einmal in seinem Leben ist Sawinkow kopfüber in den lockeren Abgrund gestürzt, bis er den Schädel an den Steinen zerschmetterte, als er sich aus einem Fenster der Moskauer GPU stürzte.«

Fedor Stepun

»Am 21. Mai in der Nikolauskathedrale – eine Totenmesse für den Terroristen – Kommunisten – Selbstmörder Sawinkow. – Wie russisch das ist! – Interessant: Wer geht hin? Ich würde hingehen. Es gibt ein kollektives Gefühl: Ein gemeinschaftliches Gefühl von Individuen, eine geheime Übereinkunft der Einzelnen gegen die Massen, ganz gleich wie die Einzelnen, wie die Massen sind. Und im gewissen Sinne ist Boris Sawinkow mein Bruder.«

Marina Zwetajewa

»Er zitiert lang und breit das Evangelium und Verse, und was für Verse: *Nennt eine Laus in deinem Hemd / dich einen Floh, / geh hinaus / und töte!* … Was soll das?«

Leo Tolstoi

»Die heroische Atmosphäre wurde vom Revolutionsfieber angeheizt, als Held erschien mir Sawinkow, von dem ich wusste, dass er sich insgeheim in Petrograd aufhält.«

Andrej Bely

»Ein Prinz Hamlet, der nur zu gern ein Cesare Borgia wäre.«

Karl Radek

»Boris Sawinkow ist ein Artist des Abenteuers, ein im höchsten Maße theatralischer Mensch. Ich weiß nicht, ob er auch sich selbst gegenüber immer eine Rolle spielt, aber anderen gegenüber spielt er immer eine Rolle.«

Anatolij Lunatscharski

»Unter allen durch die Revolution Hervorgehobenen, die meist nur Mikroben der Zersetzung sind, sehe ich nur in Ihnen allein einen echten *Gießer,* die tätige und blitzeschleudernde Verbindung des religiösen Glaubens mit der hoffnungslosen Menschenkenntnis.«

Maximilian Woloschin

»Ein Henker, aber nicht ohne Lyrismus, infiziert von der Karamasow'schen Krankheit.«

Maxim Gorki

»Jene, die ihm nahestehen, stellen fest, dass sich in ihm konspirative Geschicklichkeit und Ausdauer mit neurasthenischen Anwandlungen paart, wenn er voller Zorn und Gereiztheit zu allen möglichen riskanten und unüberlegten Handlungen fähig ist.«

Gilbert Chesterton

»Ich bin noch nie einem so unbegreiflichen und erschreckenden Menschen begegnet.«

Ilja Ehrenburg

»An ihm zog mich eben das an, was mich immer an Persönlichkeiten anzieht, denen ich (ob zu Recht, ob zu Unrecht) eine gewisse Bedeutsamkeit ansehe und aus denen ein eigenes Schicksal spricht.«

Sinaida Hippius

»Die dramatische Kollision in Sawinkows Seele ist tragisch im religiösen und philosophischen Sinne. Außerdem trägt sie in sich die Saat der tiefen und komplexen psychologischen Erlebnisse. Zum Teil überschneidet sie sich mit der Tragödie eines Raskolnikow – es ist die Tragödie eines Mörders, der von einer Idee getrieben wird.«

Wladislaw Chodassewitsch

»Er verkehrte so viel mit Spionen und Provokateuren, dass er, wie der Held eines seiner Romane, nicht mehr wusste, ob er sich selbst verrät oder jene, die er verraten will.«

Bruce Lockhart

»Bemerkenswert in seiner Wahrhaftigkeit und Lebendigkeit.«

Wladimir Lenin

»Ich habe Sawinkow zum ersten Mal 1912 in Nizza gesehen. Damals bewunderte ich dieses Prachtexemplar von einem vollendeten menschlichen Lebewesen. Ich fühlte, wie jeder einzelne seiner Gedanken sogleich von seinen Nerven aufgefangen wird und wie ein jeder Muskel augenblicklich noch dem leisesten Wink der Nerven folgt. Einer so wohlgefügten Maschine in der Gestalt eines unterkühlt schönen, geschmeidigen, ruhigen und schwerelosen Mannes bin ich im Leben nie wieder begegnet, und er prägte sich meinem Gedächtnis mit unauslöschlicher Schärfe ein.«

Alexander Kuprin

Zeittafel

1879 Boris Sawinkow wird am 19. Januar (nach dem in Russland noch gültigen julianischen Kalender, am 31. nach dem gregorianischen Kalender) in Charkow, in der Ukraine, geboren.
Die Familie zieht später nach Warschau, wo Sawinkows Vater als Staatsanwalt bald hohes Ansehen genießt. Nach dem Abschluss des Gymnasiums beginnt Boris Sawinkow in St. Petersburg Jura zu studieren. Er und seine Brüder begeistern sich für sozialdemokratische Ideen.

Im Winter 1897 findet eine Hausdurchsuchung statt, sie werden verhaftet, kommen aber nach kurzer Zeit wieder frei.

Sawinkow setzt sein Studium in Berlin und Heidelberg fort, **1900** kehrt er nach Russland zurück.

1902 werden die Brüder erneut verhaftet, Boris Sawinkow sitzt kurze Zeit in der berüchtigten St. Peter-und-Paul-Festung in St. Petersburg und wird dann bis 1903 nach Wologda verbannt; sein ältester Bruder Alexander wird zu Zwangsarbeit in Sibirien verurteilt.

1903 Boris Sawinkow radikalisiert sich, geht in den Untergrund und schließt sich der Kampforganisation der Sozialrevolutionären Partei an. Schnell wird er die rechte Hand ihres

Chefs Jewno Asef. Von nun an operiert er vor allem von Frankreich und der Schweiz aus und kehrt nur zur Vorbereitung und Durchführung von terroristischen Anschlägen nach Russland zurück.

1904 Am 15. Juli (jul.) / 28. Juli (gregor.) wird in St. Petersburg das von Sawinkow vorbereitete Attentat auf den Innenminister Wjatscheslaw von Plehwe ausgeführt.
Im selben Jahr begeht Alexander Sawinkow im sibirischen Arbeitslager Selbstmord.

1905 Am 4. Februar (jul.) / 17. Februar (gregor.) führt Iwan Kaljajew in Moskau das von Sawinkow geplante Attentat auf den Großfürsten Sergej Alexandrowitsch Romanow aus.
Boris Sawinkows Vater stirbt in einer psychiatrischen Anstalt.

1906 Im April scheitert in Moskau das von Sawinkow geplante Attentat auf Admiral Dubassow.
Im Mai wird Sawinkow nach einem gescheiterten Attentat auf den Festungskommandanten Generalleutnant Nepljuew in Sewastopol verhaftet, einige Wochen später gelingt ihm die Flucht aus der Festung, über das Schwarze Meer und Rumänien gelangt er in die Schweiz.
Im selben Jahr erscheint sein Text *Aus den Erinnerungen an Iwan Kaljajew* als anonyme illegale Broschüre bei der Partei der Sozialrevolutionäre.

1907 arbeitet Sawinkow an der Planung eines Attentats auf den Zaren, ausgeführt mittels eines Flugzeugs, das, gefüllt mit mehreren Tonnen Dynamit, in die Residenz Zarskoje Selo hineinstürzen soll; die Realisation scheitert an technischen Voraussetzungen.
In Paris lernt Sawinkow die Dichterin Sinaida Hippius (1869–

1945), ihren Mann, den Dichter Dmitrij Mereschkowski (1865–1941) und den Kritiker Dmitrij Filosofow (1870–1940) kennen.

1908 Jewno Asef wird als Spitzel des zarischen Geheimdienstes enttarnt und vor ein Ehrengericht der Sozialrevolutionären Partei gestellt, kann aber fliehen.

1909 Im Januar erscheint *Das fahle Pferd (Kon' blednyj)* unter dem Pseudonym »W. Ropschin« nach einigen Umarbeitungen von Sinaida Hippius in der von Mereschkowski herausgegebenen renommierten Literaturzeitschrift *Russkaja mysl'* (*Der russische Gedanke*) in St. Petersburg.
In Kopenhagen erscheint im Verlag von Tillge's Buchhandlung die deutsche Übersetzung von Aage Madelung/Otto Völckers, *Leo ... Das fahl Pferd.*
Nach dem Asef-Skandal wird die Kampforganisation der Sozialrevolutionären Partei aufgelöst. Sawinkow lebt nur noch im Exil.

1910 erscheint die polnische Ausgabe des *Fahlen Pferds, Koń blady,* bei M. Mazurkiewicz in Krakau.

1912 erscheint eine russische Buchausgabe des *Fahlen Pferds* bei Wolff in St. Petersburg. In Moskau erscheint der Roman *To, čego ne bylo* (Was nicht geschah) im Verlag Sytina, eine weitere Ausgabe erscheint 1916 ebenfalls in Moskau bei Zadruga.

1913 erscheint eine russische Ausgabe des *Fahlen Pferds* in Nizza. In Frankfurt am Main erscheint bei Rütten & Loening *Als wär es nie gewesen.* Roman aus der russischen Revolution (*To, čego ne bylo*) in der Übersetzung von Alexander Eliasberg.

1914 Im August beginnt der Ersten Weltkrieg, Russland kämpft an der Seite Großbritanniens und Frankreichs gegen das Deutsche Reich. Boris Sawinkow wird Kriegsberichterstatter der französischen Armee.

1917 Im Februar weiten sich Unruhen in Petrograd (St. Petersburg) zur Revolution aus, eine Provisorische Regierung und eine Verfassungsgebende Versammlung werden eingesetzt. Sawinkow kehrt nach Russland zurück, im Sommer wird er stellvertretender Kriegsminister, im August spielt er eine undurchsichtige Rolle beim vorgeblichen Putschversuch General Kornilows gegen die Provisorische Regierung, Premierminister Kerenski entlässt ihn. Im Oktober stürmen die Bolschewiken das Winterpalais in Petrograd und reißen auch die Macht in Moskau an sich. Sawinkow setzt sich mit anderen Antibolschewisten nach Süden an den Don ab, die Weißen stellen Armeen auf, Generäle und politische Führer sind untereinander zerstritten, die Weiße Bewegung wird nie ein gemeinsames Programm haben.
Die englischen Übersetzungen *What never happened* (*To, čego ne bylo,* übertragen von Thomas Seltzer bei Allen & Unwin in London sowie bei A. A. Knopf in New York) und *The Pale Horse* (*Kon' blednyj;* übertragen von Z. A. Vengerova im Verlag Maunsel in Dublin) erscheinen.
Vospominaniya terrorista (Erinnerungen eines Terroristen) erscheinen bis 1918 in mehreren Nummern der Zeitschrift *Byloe* in St. Petersburg.

1918 Im März schließen die Bolschewiken mit dem Deutschen Reich den Friedensvertrag von Brest-Litowsk, Russland muss etwa ein Viertel seiner Gebiete, darunter Finnland, Polen und die Ukraine, in die Unabhängigkeit entlassen. Im August versucht Sawinkow mit einer von ihm aufgestellten Truppe, das von den Bolschewiken beherrschte Gebiet von Jaroslawl zurückzuerobern, die Offensive scheitert, Sawinkow flieht nach Kasan, schließt sich der Tschechoslowakischen Legion an und zieht mit ihr nach Sibirien, wo er sich in Omsk der »Sibirischen Regierung« von Admiral Koltschak zur Verfügung stellt.

1919 nimmt Sawinkow als Vertreter der »Sibirischen Regierung« an den Versailler Friedensverhandlungen teil.
Aus den Erinnerungen eines Terroristen (Vospominaniya terrorista) erscheint in München im Musarion Verlag.

1920 geht Sawinkow nach Warschau und stellt, finanziert von der französischen und der polnischen Regierung, Kampfverbände auf, mit denen er in den Westen Russlands eindringt und gegen die Rote Armee kämpft. Nach dem Waffenstillstand im Polnisch-Sowjetischen Krieg im November 1920 wird er mit den ihm verbliebenen Truppen interniert, bald kann er aber neue Kämpfer und Geldmittel sammeln. Er verbündet sich mit weißrussischen antibolschewistischen Truppen und mit ukrainischen Partisanen.

1921 im Juli wird Sawinkow auf Druck der sowjetischen Regierung aus Polen ausgewiesen; er schließt sich aufständischen Bauern an, den Grünen. Die Erhebungen enden im Desaster; Ende des Jahres gibt Sawinkow den bewaffneten Kampf auf, versucht aber unermüdlich weiter, politische Verbündete zu finden.
Ce qui ne fut pas (*To, čego ne bylo*), übersetzt von J. Wladimir Bienstock, erscheint bei Payot in Paris.

1922 Sawinkow lebt in Paris im Exil; im April reist er unter einem Decknamen nach Genua, wo eine Weltwirtschaftskonferenz stattfindet, an der die Sowjetunion teilnimmt, was de facto die internationale Anerkennung des bolschewistischen Regimes bedeutet; Sawinkow wird verhaftet – eine Vorsichtsmaßnahme, die den reibungslosen Ablauf der Konferenz garantieren soll.

1923 erscheint in Paris beim Verlag Franko-russkaja pechat' *Das schwarze Pferd (Kon' voronoj).*

1924 Die Tscheka lockt den in Paris lebenden Boris Sawinkow mit der Operation »Syndicat II« nach Russland zurück, am 15. August überschreitet er die Grenze. Er wird verhaftet, angeklagt, am 27. August richtet er seine Schlussworte an die Richter, am 29. August berichtet die *Iswestja* vom Prozess. Die über ihn verhängte Todesstrafe wird in zehn Jahre Haft umgewandelt. Im Oktober oder November 1924 kommt *The Black Horse* in der englischen Übersetzung von Sir Paul Dukes bei Williams and Norgate in London heraus.

1925 Am 7. Mai stürzt Boris Sawinkow aus dem fünften Stock des Lubjanka-Gefängnisses und stirbt.

Inhalt

Zum Buch, Autor und Übersetzer

Zu diesem Buch

George, ein Ex-Terrorist, der 1905 noch Attentate gegen die Repräsentanten des Zarenreichs durchführte (wie in Sawinkows Roman *Das fahle Pferd* geschildert), scheint inzwischen die Seiten gewechselt zu haben. Nun – fünfzehn Jahre später – kämpft er im Russischen Bürgerkrieg gegen die neuen bolschewistischen Machthaber. Als Oberst der Weißen Garde muss er wohl oder übel die Interessen des alten Regimes verteidigen, später wird er als Anführer der *grünen* Banden in den russischen Wäldern Zeuge von furchtbaren Gräueltaten. Am Ende ist er wieder in Moskau – wieder als Terrorist. Bei einem solchen Galopp zwischen allen Fronten stirbt als Erstes der Glaube an die Rechtmäßigkeit des eigenen Tuns. Vor allem wenn Liebe mit im Spiel ist und die raue politische Wirklichkeit selbst das Intime nicht verschont. Er muss eine Wahl treffen. Wie jeder, der an dieser sinnlosen Schlacht beteiligt ist. – Wann erscheint der ersehnte apokalyptische Reiter mit einer Waage in der Hand?

Der Autor

Boris Sawinkow, 1879–1925, war im Zarenreich jahrelang einer der führenden Köpfe der terroristischen Kampforganisation der Sozialrevolutionären Partei. Nach mehreren erfolgreichen Attentaten wurde er 1906 verhaftet und zum Tode verurteilt. Er konnte fliehen und sich nach Frankreich absetzen. Dort lernte er maßgebende Intellektuelle und symbolistische Schriftsteller kennen und begann selbst zu schreiben, u. a. *Das fahle Pferd. Roman eines Terroristen,* übersetzt von Alexander Nitzberg und veröffentlicht bei Galiani Berlin 2015. Seine Erinnerungen und Romane gaben späteren Autoren wie Irène Némirovsky und Albert Camus Anregungen. Nach der Februarrevolution 1917 kehrte er nach Russland zurück, avancierte zum stellvertretenden Kriegsminister und wurde nach der Oktoberrevolution der entschlossenste Gegner der Bolschewiken. 1923/24 erschien sein Bürgerkriegsroman *Das schwarze Pferd,* der bis heute zu den meistgelesenen Büchern Boris Sawinkows zählt und auf Russisch in zahlreichen Publikationen vorliegt. Alexander Nitzbergs Übersetzung ist die erste Übertragung ins Deutsche.

Der Herausgeber und Übersetzer

Alexander Nitzberg, geboren 1969 in Moskau, lebt als Lyriker, Übersetzer, Essayist und Rezitator in Wien. Neben zahlreichen Gedicht- und Dramenübertragungen – darunter auch der Werke von Anna Achmatowa, Marina Zwetajewa, Wladimir Majakowski, Anton Tschechow und Edmund Spenser – betätigte er sich als Übersetzer und Herausgeber der Gesammelten Werke von Daniil Charms und der Prosa Michail Bulgakows. Für seine Neuübersetzung von Bulgakows Roman *Meister und Margarita* – »Fulminante Jahrhundertübersetzung!«, 3sat – wurde er für den Preis der Leipziger Buchmesse in der Kategorie Übersetzung nominiert und erhielt 2013 den Jane Scatcherd-Preis der Heinrich Maria Ledig-Rowohlt-Stiftung. 2015 erschien seine Übersetzung von Boris Sawinkows *Das fahle Pferd. Roman eines Terroristen.*

Klassiker der russischen Literatur im dtv

Fjodor Dostojewskij
Die Dämonen
Roman
Übers. v. Marianne Kegel
ISBN 978-3-423-**12408**-9

Schuld und Sühne
Roman
Übers. v. Richard Hoffmann
ISBN 978-3-423-**12405**-8

Der Spieler
Aus den Aufzeichnungen eines jungen Mannes
Roman
Übers. v. Arthur Luther
ISBN 978-3-423-**12406**-5

Der Idiot
Roman
Übers. v. Arthur Luther
ISBN 978-3-423-**12407**-2

Der Jüngling
Roman
Übers. v. Marion Gras-Racic
ISBN 978-3-423-**12409**-6

Die Brüder Karamasow
Roman
Übers. v. Hans Ruoff u. Richard Hoffmann
ISBN 978-3-423-**12410**-2

Iwan Gontscharow
Oblomow
Roman
Neu übers. v. Vera Bischitzky
ISBN 978-3-423-**14279**-3

Michail Bulgakow
Meister und Margarita
Roman
Neu übersetzt von Alexander Nitzberg
ISBN 978-3-423-**14301**-1

Das hündische Herz
Eine fürchterliche Geschichte
Übers. v. Alexander Nitzberg
ISBN 978-3-423-**14371**-4

Die verfluchten Eier
Roman
Neu übers. von Alexander Nitzberg
ISBN 978-3-423-**14478**-0

Nicolaj Gogol
Tote Seelen
Roman
Neu übers. v. Vera Bischitzky
ISBN 978-3-423-**14263**-2

Petersburger Novellen
Übers. v. Josef Hahn
ISBN 978-3-423-**12948**-0

Lew Tolstoi
Anna Karenina
Roman
Neu übers. v. Rosemarie Tietze
ISBN 978-3-423-**13995**-3

Krieg und Frieden
Roman · in zwei Bänden
Neu übers. v. Barbara Conrad
ISBN 978-3-423-**59085**-3

Klassiker der russischen Literatur
im dtv

Iwan S. Turgenjew
Unheimliche Geschichten
Übers. v. Ena von Baer
ISBN 978-3-423-**13644**-0

Väter und Söhne
Roman
Übers. v. M. von der Ropp
ISBN 978-3-423-**13670**-9

Liebesgeschichten
Übers. v. Erna von Baer
ISBN 978-3-423-**14220**-5

Anton Tschechow
Werke
Erzählungen und Dramen in 5 Bänden
Hg. v. Gerhard Bauer und Andreas Ebbinghaus
Übers. v. Vera Bischitzky, Kay Borowsky, Barbara Conrad, Ulrike Lange, Ilma Rakusa, Barbara Schaefer, Dorothea Trottenberg und Marianne Wiebe
ISBN 978-3-423-**59081**-5

Der Kirschgarten
Dramen
Hg. v. Andreas Ebbinghaus
Übers. v. Vera Bischitzky, Ulrike Lange, Ilma Rakusa, Barbara Schaefer und Marianne Wiebe
ISBN 978-3-423-**13835**-2

In der Sommerfrische
Erzählungen 1880–1887
Hg. v. Gerhard Bauer
Übers. v. Vera Bischitzky, Kay Borowsky, Barbara Conrad, Ulrike Lange, Barbara Schaefer, Dorothea Trottenberg und Marianne Wiebe
ISBN 978-3-423-**13831**-4

Die Fürstin
Erzählungen 1887–1891
Hg. v. Gerhard Bauer
Übers. v. Vera Bischitzky, Kay Borowsky, Barbara Conrad, Ulrike Lange, Barbara Schaefer und Marianne Wiebe
ISBN 978-3-423-**13832**-1

Ariadna
Erzählungen 1892–1895
Hg. v. Gerhard Bauer
Übers. v. Vera Bischitzky, Kay Borowsky, Barbara Conrad, Ulrike Lange, Barbara Schaefer und Marianne Wiebe
ISBN 978-3-423-**13833**-8

Die Dame mit dem Hündchen
Erzählungen 1896–1903
Hg. v. Gerhard Bauer
Übers. v. Vera Bischitzky, Barbara Conrad, Ulrike Lange, Barbara Schaefer und Marianne Wiebe
ISBN 978-3-423-**13834**-5

Anton Tschechow im dtv

Neuübersetzt von Vera Bischitzky, Kay Borowsky, Barbara Conrad, Ulrike Lange, Ilma Rakusa, Barbara Schaefer, Dorothea Trottenberg und Marianne Wiebe

»Die Neuübersetzung … macht Lust auf mehr.
Auf mehr Tschechow.«
3sat

In der Sommerfrische
Erzählungen 1880–1887
ISBN 978-3-423-**13831**-4

Die Fürstin
Erzählungen 1887–1891
ISBN 978-3-423-**13832**-1

Ariadna
Erzählungen 1892–1895
ISBN 978-3-423-**13833**-8

Die Dame mit dem Hündchen
Erzählungen 1896–1903
ISBN 978-3-423-**13834**-5

Der Kirschgarten
Dramen
ISBN 978-3-423-**13835**-2

Werke
Erzählungen und Dramen in fünf Bänden
Fünf Bände in Kassette

Band 1: In der Sommerfrische. Erzählungen 1880–1887
Band 2: Die Fürstin. Erzählungen 1887–1891
Band 3: Ariadna. Erzählungen 1892–1895
Band 4: Die Dame mit dem Hündchen. Erzählungen 1896–1903
Band 5: Der Kirschgarten. Dramen
ISBN 978-3-423-**59081**-5